KB183462

나무요 가슴은 뛴다

나무도 가슴은 뛴다

김용선

평민사

들어가는 말

무척이나 뜨겁던 여름이 물러가고 선선한 바람이 불어옵니다. 햇빛은 이제 불같은 성질을 죽이고 거울 앞에 선 조순한 여인처럼 잔잔한 미소를 머금고 다가옵니다. 누구에게나 다정하고 어디서나 따뜻한 손을 내미는 평등의 전령처럼 구석구석 다니지 않는 곳이 없습니다.

햇빛뿐이나요? 바람과 비와 눈도 마찬가지, 자연은 누구에게나 한결같이 환호와 찬사를 안겨 줍니다. 햇빛은 눈에 보일 수 있는 밝은 낮을 만들고 식물과 나무를 자라게 합니다. 나무는 물을 빨아들이고 빛을 통해 광합성 작용을 일으켜 성장을 촉진하고 생태계를 유지합니다.

광합성은 식물의 생존뿐만 아니라 대기 중의 산소 수준을 유지하고 먹이 사슬의 기초를 제공하는데 이 모든 게 빛이 만드는 공정세상입니다.

하지만 어느 순간에 이르면 더 이상 어른이 되고 싶은 나무들이 있습니다. 그때부터 발달이 멈추고 동심의 꿈에 머물러 있는 큰

아이들… 그들은 하늘을 나는 피터팬 친구들입니다.

한 친구는 말을 하면서 상대방과 눈을 맞추지 못합니다. 자기 손가락을 응시하고 혼자 중얼거리거나 크게 소리치며 뛰어다니는 친구도 있습니다. 자기 손톱을 물어뜯거나 머리를 때리기도 합니다. 어떤 친구는 늘 입던 옷만 입겠다고 집착을 보입니다. 걸음 걸이가 마치 물속을 걷는 것처럼 허우적대는 친구도 있습니다. 벽을 두드리며 나름대로 흥겨운 리듬을 만들거나 흐뭇한 미소를 지으며 어떤 상상에 빠져있는 친구도 있습니다. 그림을 잘 그리거나 악기를 잘하는 특출난 친구도 있습니다.

난 그들을 특별하게 보지 않습니다. 나와 다를 뿐이고 느끼는 행복의 종류가 다르다고 생각합니다. 똑같은 노래도 누가 부르냐에 따라 느낌이 다르듯 내가 생각하는 행복과 다른 사람이 생각하는 행복이 다르기 때문이죠. 우리 친구들의 맑은 눈과 순박한 표정을 보고 있으면 누가 더 행복하고 누가 더 우월한지 비교할 수 없습니다.

외눈박이가 외눈박이만을 만나야 하는 것이 아니라 누구나 만날 수 있어야 외롭지 않습니다. 누구나 아름답거나 멋진 이성을 보면 좋아하는 마음이 싹트고 사랑을 나누고 싶어합니다. 반드시 서로 같아야 할 필요가 없습니다. 사랑은 장애를 극복하는 것이니까요.

마음이 어린 우리 피터팬들도 과연 사랑을 하고 언덕 위의 하얀 집에서 같이 살 수 있을까요? 그런 의문이 계속 꼬리를 물다, 난 꿈을 꾸기로 했습니다.

나무가 말이 없고 어눌하다고 생명이 없는 건 아닙니다. 나무는 바람을 통해 말을 하고 만지면 따뜻하고 가슴이 뜁니다. 그 무엇도 막을 수 없는 꿈입니다.

나무를 사랑하는 여러 선생님들과 피터팬 친구들에게 감사드리며 이 대본이 소수가 존중되는 세상을 향한 작은 발걸음이 되길 소원합니다.

2024년 가을
김용선

나무은 가슴은 뛴다

도시 변두리에 위치한 발달장애인 학교.
민간이 운영하는 소규모 학교로 학생은
20대 이상의 성인이 대부분이며
생활 자립을 위한 교육과 훈련을 받고 있다.

1.

학교는 새학기를 맞아 활발하고 생기에 찬 분위기다. 교실은 조용한 음악이 흘러나오고 있고 학생들은 교실에서 수업준비를 하며 선생님을 기다리고 있다. 태호는 손가락을 움직이며 혼자 중얼거리고 있고 동규는 교실 여기저기 돌아다니며 소리를 지르며 떠들고 있다. 다은은 말없이 조용히 앉아있고 철수는 노래를 흥얼거리며 벽을 두드리며 장단을 맞추고 있다. 미리는 예찬 앞에 서서 관심을 끌고 있다. 잠시 후에 최선생과 소희, 교실 안으로 들어온다.

최선생 모두 안녕!

미리 안녕하세요.

철수 안녕하세요.

태호 누구예요?

최선생 오늘은 새로 오신 선생님을 소개할게. 앞으로 음악 수업을 담당하실 정소희 선생님이셔.

태호 예뻐요.

소희 안녕하세요? 정소희라고 해요. 앞으로 사이좋게 잘 지내봐요.

최선생 처음 오셔서 잘 모른다고 짓궂게 굴지 말고 선생님 말씀 잘 듣고 열심히 공부해야겠지? 오늘 아침은 선생님들 회의가 있으니까 떠들지 말고 조금만 기다리고 있어.

학생들 네.

최선생 가요.

소희 네.

소희와 최선생, 교실 밖으로 나간다.

미리, 예찬에게 다가간다.

미리 야!

예찬 ….

미리 야!

예찬 응?

미리 뭘 멍하니 보고 있어?

예찬 쌤 이쁘다.

미리 나는?

예찬 ….

미리 나는?

예찬 별은 달보다 더 빛이 나.

미리 치, 너하고 안 놀아.

미리, 삐져서 자기 자리로 돌아간다.

철수는 태호의 물안경을 뺏는다.

태호   이리 줘. 주라니까!

철수   쫌만 보고 줄게.

태호   안돼. 빨리 줘!

철수   보고 준다니까….

철수는 태호의 물안경을 쓰고 수영하는 자세로 교실을 돌아
다닌다.

태호는 그런 철수의 뒤를 쫓아간다.

태호   빨리 줘!

철수   이게 그냥!

태호   아!

철수가 태호를 한 대 때리자 태호는 바닥으로 넘어진다.

동규   때리지 마!

철수   넌 뭐야!

철수, 동규를 밀치자 동규도 넘어진다.

이를 본 미리는 복도로 뛰어가 소리친다.

미리   선생님! 철수가 애들 때려요!

잠시 후 최선생, 뛰어 들어온다.

곧이어 소희도 뒤따라 들어온다.

최선생 뭐야, 장철수! 이 녀석이 또!

태호 선생님, 철수가 때렸어요.

동규 동규도 때렸어요.

최선생 장철수. 너 애들 때리지 말라고 했어, 안 했어!

철수 잘못했어요.

최선생 너 그러지 않기로 했잖아.

철수 이제 안 할게요.

최선생 그 물안경은 뭐야?

태호 제 거예요.

최선생 왜 남의 것을 뺏고… 여기가 무슨 수영장이야? 빨리 벗어줘.

철수 네.

최선생 너 안 되겠어. 교장쌤에게 가야겠어. 따라와. 소희쌤, 잠깐 애들하고 같이 있어요.

소희 네.

사이.

미리 선생님. 철수가 태호 때렸어요?

소희 왜?

미리	자주 그래요.
소희	그럼 안 되지. 폭력은⋯.
동규	선생님!
소희	왜?
동규	화장실⋯.
소희	그래? 큰 거, 작은 거?
동규	몰라요. 급해요.
미리	쌤, 동규는요 똥오줌 구분 못해요.
소희	응? (웃음을 참는다) 그래, 빨리 갔다 와.

동규, 뛰어나간다.

태호	난 개새끼였어,
소희	응? 무슨 말이야?
미리	태호는 테이프 레코더예요.
소희	뭐?
미리	남의 말만 따라 해요.
태호	어머니, 후회하지 않으시겠습니까?
미리	드라마 대사⋯.
소희	아!

소희, 다은에게 다가간다.

소희   안녕.

다은   안녕하세요.

소희   이름이 뭐야?

다은   서다은.

소희   이름이 예쁘다. 다은이는 말이 없네. 근데 어디 보고 있어?

다은   선생님 보고 있어요.

소희   그럼 눈을 맞춰야지. 딴 데 보지 말고….

미리   원래 그래요.

소희   응? 그렇구나.

사이.

예찬   선생님 예뻐요.

소희   그래. 고마워.

예찬   저는 강예찬이에요.

소희   오, 강예찬.

미리, 예찬에게 다가간다.

미리   예찬아, 쌤이 예뻐, 내가 이뻐? 누가 더 예뻐?

예찬   으응….

미리   빨리 말해 봐.

태호   멘탈이 약한 아이입니다.

미리	넌 그만해!
태호	태어나서 죄송합니다.
미리	예찬이는 피아노 천재예요.
소희	그래? 그렇게 피아노를 잘 쳐?
애리	못 치는 게 없어요. 예찬아 한번 쳐봐.
예찬	싫어.
미리	선생님. 피아노 잘 치는 사람 예쁘죠?
소희	그럼. 제일 예쁘지. 얼마나 치는지 한번 볼까?
미리	오늘은 왜 이리 빼실까?

동규, 뛰어 들어온다.

동규	선생님, 화장실 다녀왔습니다.
소희	큰 거? 작은 거?
동규	몰라요.

미리, 예찬이 귀에서 이어폰을 빼서 달아난다.

예찬	야!
미리	피아노 치면 줄게. 나 잡아봐라.
예찬	저게 그냥….
미리	정말 치면 줄게.
소희	그래, 예찬아 얼마나 잘 치는지 한번 볼까?

미리, 예찬에게 다가와 새끼손가락을 내민다.

미리 약속….

예찬 딱 한번이다.

예찬, 일어나서 피아노 앞에 앉아 빠른 템포의 곡을 연주한다.

동규, 음악에 맞춰 춤을 추며 돌아다닌다.

소희, 놀라는 눈빛이 역력하다.

(암전)

2.

학교 내 벤치.

소희, 준영 다가와 앉는다.

준영 여기 좀 앉을까?

소희 빨리 가. 누가 보면….

준영 아, 누가 본다고 그래? 내일도 와서 점심 같이 먹을까?

소희 뭐? 아니올시다. 오바하지 말고….

준영 오바라니? 보고 싶은 사람 보러 오는데… 혹시 학교에
나보다 더 잘 생긴 남자 있는 거 아냐? 그래서 솔로인 척

하려고….

소희 참 내, 어이가 없네요.

준영 그나저나 학교가 아담하니 좋네. (사이) 출근한 소감이 어때?

소희 쉽지 않겠어. 애들이 좀 특별하니까….

준영 조금만 기다려. 경험 쌓는다고 생각하고… 아버지에게 얘기해서 다음 학기엔 다른 자리 알아봐 달라고 할게.

소희 그러지 않아도 되는데….

준영 여긴 정식 학교도 아니잖아.

소희 그래도….

준영 나만 믿고 기다려봐. 좋은 일이 있을 거야. 참, 우린 내년 봄이 좋겠지?

소희 뭐가?

준영 또 모른 척한다. 우리 결혼 말이야.

소희 으응.

준영 별로 안 좋아하는 거 같은데?

소희 아니야.

준영 무슨 생각해?

소희 의대에선 신경정신과 쪽으로 많이 지원해?

준영 많이 하진 않지. 거긴 난 적성이 안 맞아서. 남 말 들어주는 것도 지겹고… 갑자기 그건 왜?

소희 아니야, 그냥….

사이.

준영 어머님은 좀 어떠셔?

소희 괜찮아진 것 같아.

준영 아무래도 나이가 있으시니까… 병원에 한번 모시고 와. 검사 한번 하게.

소희 응, 봐서….

미리, 지나가면서 인사한다.

미리 안녕하세요?

소희 응. 점심 먹었어?

미리 네. 근데 누구…?

소희 아니야. 얼른 가봐.

미리, 준영을 유심히 쳐다보고 지나간다.

준영 뭐야, 애인이라고 해야지.

소희 그러다, 소문나면 어쩌려고….

준영 소문 좀 나면 어때? 어차피 우린….

소희 또 앞서가신다. 그러면 여기 못 옵니다.

준영 알았어, 알았어. (사이) 학교에 학생들이 몇 명쯤 되지?

소희 한 30명 돼.

준영	얼마 안 되는구나. 짓궂게 구는 애는 없어? 새로 온 처녀 선생님이라고 놀리거나….
소희	학교에 좀 특별한 애가 있어.
준영	응?
소희	피아노를 아주 잘 치는 학생이 있는데, 자폐나 발달장애는 어느 한쪽으로 크게 발달하는 경우가 있나 봐.
준영	그렇지. 보상작용이라고 할까… 어느 한쪽이 부족하니까 다른 쪽으로 튀는 경우가 있지. 장애가 있는 천재들이 많잖아. 스티븐 호킹, 스티브 잡스….
소희	(생각에 잠긴다) 나이는 많은데 어린아이 같아. 몸은 자라는데 마음이 그대로라면 행복할까…?
준영	글쎄… 근심, 걱정이 없다면 나름 행복하겠지. 아무튼 여긴 우리 병원과 관련이 있으니까 어려운 일 있으면 얘기해.
소희	무슨…?
준영	아, 아버지가 학교 후원회장이고 우리 병원이 협력기관이지.
소희	그렇군.
준영	그래서 소희도 여기….
소희	응?
준영	아니야. 어? (핸드폰 확인한다) 나 가야겠다. 하여튼 잠시 쉬는 꼴을 못 봐.
소희	담엔 오지 마.

준영   에이, 서운하게… 아무튼 이번 일요일 잊지 마.

소희   뭔데?

준영   만나기로 했잖아.

소희   근데 무슨 일로? 말해주면 안 돼?

준영   그러면 재미없잖아. 서프라이즈!

준영, 급히 떠난다.

미리와 다은, 다가온다.

미리   선생님 남친?

학교 종소리 울린다.

소희   야, 수업 시작한다. 빨리 들어가자.

(암전)

3.

교실.

예찬, 피아노 앞에 앉아있고 잠시 후 소희, 들어온다.

소희   왜 교실에 혼자 있어?

예찬   예찬이는 운동 싫어해.

소희   그렇구나. 근데 예찬이는 몇 살이라고 했지?

예찬   스물여덟.

소희   오, 나와 별 차이 안 나네. 친구해도 되겠어.

예찬   친구… 좋아요.

소희   집엔 누가 있어? 가족….

예찬   엄마, 아빠.

소희   동생이나 형은 없어?

예찬   없어.

소희   그럼 혼자네.

예찬   혼자. 5시에 엄마가 데리러 와요.

소희   그렇군. 피아노 치는 거 좋아해?

예찬   피아노 치는 거 좋아요.

소희   피아노 언제부터 쳤어?

예찬   일곱 살.

소희   (피아노 앞에 놓인 악보를 보고) 론도 알라 투르카[1]. 이건 좀 어려운데….

예찬 안 어려워요.

소희 그래? 대단하네. 예찬이는 꿈이 뭐야?

예찬 꿈… 몰라요.

소희 그럼 피아니스트는 어때?

예찬 피아노 좋아요.

소희 열심히 해서 콩쿨도 나가고….

예찬 콩쿨?

소희 응. 피아노 대회. 다른 사람과 누가 더 피아노를 잘 치는
지 겨루는 거야.

예찬 아….

소희 콩쿨 나가서 입상하고 세계적인 피아니스트가 되는 거
야. 멋지지 않아?

예찬 멋지다.

소희 따로 레슨 해주는 사람은 있어?

예찬 레슨?

소희 피아노 가르쳐주는 사람….

예찬 없어요.

소희 레슨 받으면 좋을 텐데… 내가 해줄까?

예찬 ….

소희 왜 부끄러워?

예찬 부끄러워요.

---

1) 모차르트 피아노 소나타 11번 A장조 '터키행진곡'

소희	부끄럽긴, 친군데… 그럼 일주일에 한번씩 레슨 해줄게.
예찬	좋아요.
소희	그럼 목요일 오후에 내가 수업이 없으니까 점심 먹고 하는 걸로… 음, 어디 볼까? 여기까지 한번 쳐 봐.

예찬, 피아노 연주한다.

소희	오, 잘하네. 악보 안 보고 칠 수 있어?
예찬	안 보고 칠 수 있어요.
소희	그럼 나랑 같이 쳐볼까?
예찬	같이 쳐요.
소희	자, 시작!
예찬	시작!

둘은 어깨를 들썩이며 신나게 연주한다.
미리와 태호, 복도를 지나가다가 들어온다.

미리	둘이 뭐해?
태호	둘이 뭐해?

(암전)

4.

교실.
철수는 최선생 앞에 서 있다.

최선생 철수야 이제 친구들 안 때릴 거지?

철수 안 때릴 거예요.

최선생 정말?

철수 네.

최선생 그럼 약속.

철수 약속.

최선생 자리에 앉아.

철수, 자리로 돌아가 앉는다.

최선생 다 그렸지?

미리 네.

태호 네.

최선생 그럼 이제 각자 그린 생물이 되어 물속으로 들어가 볼
까? 다은이부터….

다은 난 새우.

태호 물개.

미리　오징어.

미리　문어.

동규　개구리.

예찬　거북이.

철수　난 고래.

학생들은 일어나서 물속을 다니는 것처럼 움직인다. 천천히.
뒤뚱거리며.
동규는 이리저리 빠르게 움직인다.

최선생　동규야, 천천히….

소희, 교실 안으로 들어온다.

소희　선생님.

최선생　오, 소희쌤.

소희　교장 선생님이… 근데 뭐 하는 거예요?

최선생　쉬. 물속을 다니는 거야.

소희　네?

최선생　이 애들은 평소 자기들이 물속에 있다고 생각하거든. 편
하게 놀게 해주는 거야. 소희쌤도 해봐.

소희　제가요?

최선생　애들은 물속에 살고 있어. 애들의 세계를 알려면 물속으

로 들어가 봐야지.

최선생   근데 교장쌤이 뭐…?

소희   잠깐 오시래요.

최선생 나가고, 소희, 물속으로 들어간다. 모든 동작은 느리게 진행된다.

예찬은 소희에게 다가간다. 미리가 다가와 예찬을 끌고 간다.

소희, 예찬을 쫓는다. 태호는 다은을 쫓는다. 철수, 고래의 물을 뿜어낸다.

(암전)

5.

교실.

미리와 다은, 밀걸레로 청소하고 있다.

다은   남자애들은 다 어디 갔어?

미리   3층으로 책상 옮기고 있어.

다은   왜? 교실 옮겨?

미리   1층에 무용실 만들려나 봐. 우리 이제 무용수업 시작한대.

다은   난 춤추는 거 싫은데. 차라리 영화감상실이면 좋겠다.

미리	난 움직이는 건 뭐든 좋아. 난 댄싱퀸!

김선생, 안으로 들어온다.

김선생	잘하고 있지? 깨끗이 닦아.
미리	네.
김선생	거기 뭐 떨어졌다.
미리	네? 뭔데요?
김선생	내 마음….

김선생, 씨익 웃으며 나간다.

다은	나, 저 선생 싫어.
미리	나도.
다은	느끼해.
다은	근데 무용은 누가 지도해?
미리	저 쌤이….
다은	망했다.

사이.

다은	넌 예찬이 어디가 좋아?
미리	음, 착하고 피아노도 잘 치고… 그냥 다 좋아. 넌 좋아하

는 애 없어?

다은   난 남자들은 그닥….

미리   내가 볼 때 넌 동규와 잘 어울릴 것 같아.

다은   뭐? 싫어, 그 사고뭉치….

미리   네가 너무 조용하니까 반대로 그렇게 활발한 애가 더 나아.

다은   아니, 난 남자애들 별로 관심 없어.

미리   그럼 태호는?

다은   아, 느끼해.

미리   하긴. 그럼 철수는?

다은   무서워.

미리   그러겠다,

다은   예찬이 정도는 괜찮은데….

미리   야, 예찬이는 안 돼!

다은   알았어.

미리   동규다!

다은   빨리 숨어!

미리와 다은, 청소함 뒤로 숨고
동규, 소리 지르며 들어온다.

동규   어? 없네. 물 나와라, 뚝딱! (책상 위에 있는 생수병을 들고 밖으로 나간다)

사이.

미리   큰일날 뻔했다. 무척 귀찮게 하는데….
다은   휴우, 살았네.
미리   오늘 끝나고 같이 시내 나갈까? 옷 하나 사려고 하는데
      좀 봐줄래?
다은   난….
미리   아, 넌 기숙사지?

사이.

다은   예찬이다!
미리   참, 다은아. 아까 최봉순 선생님이 너 좀 잠깐 오라고 했
      는데….
다은   정말?
미리   빨리 가 봐.
다은   알았어.

다은, 교실 밖으로 나간다.
예찬, 흐뭇한 표정을 지으며 들어온다.

미리   어디 갔다 와?
예찬   선생님이 이거 악보 줬어.

미리   그래? 너 소희쌤 자주 만나네….

예찬   자주 만나. 피아노 치는 거 좋아.

미리   내가 아는데 소희쌤은 남자 친구 있으니까 조심해.

예찬   남자 친구 없어.

미리   내가 봤어. 남자 친구가 키도 크고 무섭게 생겼거든.

예찬   아니야. 안 무서워.

미리   너 내가 좋아, 소희쌤이 좋아?

예찬   소희쌤이 좋아.

미리   뭐? 전엔 나 좋다고 했잖아?

예찬   그땐 맞고 지금은 아니야.

미리   이 배신자!

태호, 들어온다.

태호   개새끼.

미리   개새끼….

미리, 씩씩거리며 밖으로 나간다.

태호   바람처럼 왔다가 이슬처럼 갈 순 없잖아….

철수, 들어온다. 슬금슬금 피하는 태호….

철수   태호야 미안해.

태호   으응… 됐어, 가까이 오지 마.

철수   미안하다니까.

태호   알았으니까 가까이 오지 마.

최선생, 들어온다.

다은, 상자를 들고 뒤따라 들어온다.

최선생   야, 장철수! 너 또!

철수   아니에요. 이제 안 때려요.

최선생   교장쌤이 너희들 고생했다고 아이스크림 사주셨어.

태호   고맙습니다!

최선생   근데 동규하고 미리가 안 보이네.

동규, 들어온다.

최선생   야, 동규야. 아이스크림 먹어.

동규   네.

최선생   너 미리 못 봤어?

동규   미리 화났어요.

최선생   왜?

동규   내가 좋아한다고 했더니 화내요.

최선생   뭐?

다은 그게 아니고 예찬이가….

최선생 예찬이가 왜?

다은 예찬이가 소희쌤 좋아한다고 해서….

최선생 그래? 근데 예찬이가 소희쌤 좋아한다는데 왜 미리가 화가 났을까?

태호 묻지 마라. 왜 그렇게 높은 곳까지 오르려 하는지….

최선생 예찬아. 혹시 미리가 너 좋아하냐?

예찬 난 미리 안 좋아요. 그런 말 싫어요.

최선생 너희들 서로 좋아하고 그런 짓 하지 마라. 너희는… 아니다. 아이스크림 녹는다. 빨리 먹자.

예찬, 일어나서 밖으로 나간다.

최선생 예찬아, 어디 가?

사이.

최선생 쟤도, 화난 거야?

태호 사랑스런 나비야, 더 이상 날지 못하리.

철수, 태호에게 다가가 뒤통수를 한 대 친다.

태호 아!

철수   나비.

철수, 날아다니는 나비를 잡는 동작을 계속한다.

(암전)

6.

음악실.
소희, 피아노를 치고 있다. 잠시 후 예찬, 들어온다.

예찬   다짠!

소희   어서 와. 근데 다짠이 뭐야?

예찬   선생님이다 짠. 예쁘다 짠!

소희   아, 그래서 다짠? 재밌네.

예찬   다짠….

소희   점심 먹었어?

예찬   김치, 어묵, 된장국, 햄, 오이 소방차….

소희   오이 소방차? 아, 오이소박이?

예찬   응. 물이 펑펑 나와서 좋아요.

소희   그렇구나. 재밌네. 오늘은 쇼팽을 해볼까?

예찬   쇼팽 좋아요.

소희	쇼팽은 피아노의 시인이라고 하지.
예찬	시인?
소희	피아노만 낼 수 있는 본질적인 소리로 곡을 만들어서 그렇대. 그리고 쇼팽의 곡은 한 편의 시처럼 아름답고 서정적이야. 알겠어?
예찬	몰라요.
소희	쇼팽은 어릴 때부터 피아노의 천재였어. 7살 때 벌써 폴로네이즈 두 곡을 작곡했으니까.
예찬	예찬이도 천재야.
소희	오, 그래?
예찬	쇼팽은 여자예요?
소희	아니, 남자야. 머리가 길어서 여자처럼 보였나봐? 쇼팽에게는 사랑하는 여자가 있었는데 '상드'라고 하는 소설가였어.
예찬	나도 다짠 사랑해. 상드는 누구예요?
소희	응. 쇼팽의 애인. 평소 남자처럼 하고 다녔고 자유분방한 여자였어. 쇼팽은 친구의 소개로 상드를 처음 만났는데 보자마자 사랑에 빠졌고 쇼팽보다 6살이나 더 많았어.
예찬	다짠은 몇 살?
소희	나? 숙녀에게 나이 물어보는 건 실롄데… 예찬이보다 세 살 위야.
예찬	그럼 친구다. 다짠과 난 친구.
소희	자, 이제 연습해볼까?

예찬	네.
소희	이 곡은 이별의 노래라고 해.
예찬	이별할 때 부르는 거요?
소희	그건 아니고 감미롭고 쓸쓸한 느낌이 있어서 그렇게 붙인 거래. 아무튼 손가락 연습하기에 좋은 곡이지. 악보 보고 한번 쳐볼까?

예찬, 악보를 보고 연주한다.

소희	오, 좋아. 더 연습해서 나중에 쇼팽 콩쿨에 나가도 되겠어.
예찬	예찬이 콩쿨 무서워요.
소희	왜?
예찬	사람들이 나만 쳐다봐서 무서워요.
소희	무섭기는… 아무렇지도 않아. 난 예찬이가 치는 피아노 소릴 들으면 흥겹고 좋은데, 다른 사람들도 그럴 거야. 예찬이를 좋아할 거야.
예찬	다짠도?
소희	그럼. 그러니까 자신감을 가져.
예찬	난 다짠과 같이 있을 때만 칠 거야.
소희	콩쿨 대회 나가면 옆에 있어줄게.
예찬	정말요?
소희	그럼.

예찬	예찬이 콩쿨 나갈래요.
소희	내가 좋아하는 시 중에 '외눈박이 물고기의 사랑'이 있어.
예찬	외눈박이?
소희	응. 눈이 하나인 물고기. 물속에 두 눈을 가진 물고기만 있다면 외눈박이 물고기는 외롭고 힘들겠지만 다른 외눈박이 물고기를 만나면 서로의 눈이 되어주니까 아무렇지 않대. 눈이 하나라고 서로 놀리지도 않고… 외눈박이는 외눈박이와 만나면 행복해.
예찬	난 외눈박이, 선생님도 외눈박이.
소희	난 아닌데… 눈이 두 개야.
예찬	눈 하나 감아봐요.
소희	이렇게…? (한쪽 눈을 감는다)
예찬	봐요. 외눈박이잖아요!
소희	오, 그렇구나.

사이.

예찬	선생님은 쇼팽처럼… 좋아하는 사람 있어요?
소희	있지. 이 미모에 당연히….
예찬	….
소희	호호 농담… 있긴 한데 바빠서 자주 보진 못해. 근데 왜?
예찬	(시무룩한 표정으로 일어난다)
소희	어디 가?

예찬   배 아퍼.

예찬, 밖으로 나간다.

소희   예찬아! (사이) 갑자기?

소희, 의아한 눈빛으로 바라본다.

(암전)

7.

교무실.
최선생, 책상에 앉아 노트북을 보고 있고
잠시 후 김선생, 들어온다.

김선생   최선생 뭐해?
최선생   아, 네.
김선생   자!
최선생   뭐예요?
김선생   아이스 아메리카노. 밖에 나갔다가 최선생 생각나서 사
         왔어.

최선생 고맙네요. 잘 마실게요.

김선생 최선생은 주말에 뭐해?

최선생 네, 뭐… 이것저것. 왜요?

김선생 가는 게 있으면 오는 게 있어야지.

최선생 뭐가 오갔는데요?

김선생 내가 커피 샀으니 밥 한번 사야지.

최선생 커피하고 밥이라… 비교가 되나요?

김선생 밥을 사면 또 내가 영화 티켓을 사고….

최선생 데이트 신청하는 거예요?

김선생 데이트라기보다는 직장의 친목 도모….

최선생 그럼 교장 선생님도 참가하시나요?

김선생 아니죠. 교장 선생님은 바쁘셔서….

최선생 저도 바빠요.

김선생 에이, 내가 다 아는데 방콕이라는 거, 방콕.

최선생 그걸 어떻게 알아요? 스토커세요?

김선생 아니, 내가 그쪽 집을 지나가다가….

최선생 스토커 맞네. 신고합니다.

김선생 에이 그러지 말고… 같은 처지에 서로 친목을 도모하면서….

최선생 시댁 가야 돼요.

김선생 시댁이라니… 미혼 아니었어요?

최선생 동생 시댁.

김선생 아니 동생 시댁을 왜?

최선생	동생 시댁이 딸기 농장하는데 일할 사람이 없어서 알바 가요.
김선생	그건 안 됩니다.
최선생	네?
김선생	밭일 아무나 하는 거 아닌데 돈 몇 푼 벌려다 약값이 더 들어요. 그리고 내가 최선생 아픈 꼴을 어찌 봅니까?
최선생	참, 감동적이네요. 좌우간 전 주말에 안 됩니다. 그리고 전 샤프한 사람이 좋지 선생님처럼 미련 곰탱이는….
김선생	네? 미련 곰…?
최선생	아니요, 판다곰이 귀엽다구요.
김선생	그러지 말고 최선생….
최선생	어? 가까이 오지 마세요.

최선생이 살짝 밀치자 김선생은 중심을 잡으려다
옆에 있는 화분을 붙잡는다.

김선생	아!
최선생	왜요?
김선생	손에 가시….
최선생	어머, 어떡해? 죄송해요.
김선생	최선생이 좀 빼줘요.
최선생	스스로 하세요.
김선생	눈….

최선생　네?

김선생　내가 눈이 안 좋아요. 그러니 플리이즈….

최선생　에이 참.

김선생　빨리….

최선생　가만히 있어요.

김선생　아, 살살….

교장, 슬그머니 안으로 들어온다.

교장　뭐해? 둘이 사귀나?

김선생　아, 아니요.

최선생　아닙니다.

교장　김부장은 교육청에 서류 접수했어요?

김선생　네. 어제 했다고 말씀드렸잖아요.

교장　아, 그랬나? 아무튼 이번엔 어떻게 해서든 통과돼야 해.
　　　　기부금은 갈수록 줄어들고 후원이라고 코딱지만 하게
　　　　하는 사람들은 감 놔라 배 놔라 말도 많고….

김선생　그러게요.

교장　뭐해? 수업 시작했어.

김선생　네? 벌써….

김선생, 최선생 급히 나간다. 교장의 휴대폰이 울린다.

교장   네. 김여사님. 주말에요? 주말에는… 됩니다. 돼요.

(암전)

8.

교실.
교장, 학생들 앞에 서 있다.

교장   오늘은 최선생님이 몸이 아프셔서 결근하셨어. 그래서
       내가 수업을 진행할 거야.

학생들, 웅성거린다.

교장   왜? 싫어?
학생들 최선생님이 좋아요.
교장   그래도 오늘은 어쩔 수 없다. 이 시간에는 손톱깎기를 해
       보자.

태호와 철수, 일어서서 돌아다닌다.

태호   이리 주라니까!

철수   잠깐만….

교장   태호, 철수 뭐해? 돌아다니지 말고 빨리 앉아. 수업 시작
해야지.

태호와 철수, 자리에 앉는다.

교장   자, 처녀 총각이 돼 가지고 손톱도 깎을 줄 모르면 안 되
겠지?

태호   처녀 총각이 뭐예요?

교장   너처럼 결혼 안 한 사람을 총각이라고 하는 거야.

태호   전 결혼 못해요.

교장   왜?

태호   엄마가 못 한다 했어요.

교장   아니야, 할 수도 있지. 짚신도 짝이 있다고 했으니 태호
짝도 어딘가 있을 거야. 갑자기 짠하고 나타날지도 몰라.

동규   태호는 다은이 좋아한다!

교장   태호가 다은이를?

다은   동규 너 죽었어! (생수병을 던지자 동규는 일어나 도망간다)

교장   자, 조용. 그러니까 손톱 예쁘게 깎고 있어야지. 손톱을 안
자르고 계속 놔두면 길게 자라겠지? 그럼 어떻게 될까?

철수   길게 자라요.

교장   아니 그러니까 길게 자라면 어떻게 되지?

철수   키가 커요.

교장	철수는 조용!
철수	네.
미리	마녀 돼요.
교장	옳지, 역시 미리는 똑똑해. 너흰 마녀가 되면 안 되니까 단정하게 한번 잘라보자. (시범을 보인다) 봤지? 이렇게 천천히 조심스럽게… 동규는 뭐해? 동규야 돌아다니지 말라고 했지. 바닥에 물 뿌리면 안 돼. 미끄러워. 빨리 앉아.

동규, 계속 바닥에 물을 뿌리며 돌아다닌다.
교장, 학생들에게 손톱깎기를 나눠준다.

철수	아!
다은	피!
미리	철수 피나요!
교장	가만있어. 조심하라니까!
미리	빨아 먹어요!
교장	스톱! 네가 흡혈귀냐? 넌 가만히 있어. 내가 해줄게. (철수에게 반창고를 붙여준다) 손톱만 잘라야지 살까지 자르면 안 돼.
철수	네에.

사이.

교장	미리는 좋아. 다은이도 잘하고 있고… 태호는 뜯어먹지 말고!
태호	선생님 사랑해요.
교장	예찬이는 안 해?
예찬	손톱 자르면 안 돼요.
교장	왜?
예찬	피아노 쳐야 돼요.
교장	피아노를 손톱으로 쳐?
예찬	아파요.
교장	근데 동규 어디 갔어?
다은	동규 나갔어요.
교장	어디로?
다은	몰라요.

김선생, 급히 들어온다.

김선생	교장 선생님 큰일났어요.
교장	왜? 무슨 일이에요?
김선생	동규가… 빨리 병원에 데리고 가야할 것 같아요.
교장	또?

교장과 김선생, 급히 나간다.
소희, 교실로 들어온다.

소희	무슨 일 있어?
미리	동규 병원에 가요.
소희	왜?
미리	가끔 그래요.
소희	손톱 깎는 시간이야? 예찬이는 깎았어?
예찬	예찬이 못해. 선생님이 깎아주세요.
소희	내가?

전화벨 소리 울린다.

| 소희 | (핸드폰을 꺼낸다) 잠깐만… 근데 여기 왜 이렇게 미끄럽지… 여보세요… 아! |

소희, 미끄러져 넘어지려는 순간 예찬은 잽싸게 소희의 허리를 감싸 안는다.
둘은 서로 눈이 마주친다. 격정적인 짧은 음악.

(암전)

9.

교무실.

김선생과 최선생, 차를 마시고 있다.

김선생 그러니까 밭일은 안 된다 했죠. 괜히 영화표만 날아갔잖아요.

최선생 표를 미리 사놨어요?

김선생 그럼요. 아, 아깝다.

최선생 거짓말.

김선생 정말이라니까요. 여기 봐요. 카드 결제한 거…. (지갑에서 영수증을 꺼내 보여준다)

최선생 정말이네.

김선생 취소하긴 했지만….

최선생 어휴 순….

김선생 선생님 없는 학교는요….

최선생 학교는요?

김선생 앙꼬 없는 찐빵.

최선생 어휴, 언제적 개그를….

김선생 좌우간 난리도 아니었어요.

최선생 무슨 일 있었어요?

김선생 동규는 병원 실려갔지, 불났지….

최선생 어머, 불났어요?

김선생 내 심장이 타서….

최선생 장난말구요, 동규는 왜?

김선생 벽에다 머리를 또….

최선생 또요? 어휴 하루종일 따라 다닐 수도 없고 묶어 둘 수도 없고….

김선생 머리에 헬멧을 씌워야 되려나… 오! 어때요? 머리에 헬멧….

교장, 들어온다.

교장 정말, 둘이 사귀나 봐… 헬멧을 어쩐다고…? 최선생은 괜찮아요?

최선생 네.

교장 조심해요. 항상 무리하지 말고….

최선생 죄송합니다.

김선생 교장 선생님, 그렇지 않아도 보고드리려고 했는데… 동규에게 항상 헬멧을 쓰게 하면 어떨까요?

교장 헬멧?

김선생 그러면 벽에 박아도 상처가 안 날 거 아닙니까…?

교장 좋은 생각이긴 한데… 그러다 이제 다른 애들 머리 박고 다니면 어쩌려고…?

김선생 아, 그런 면이 있구나.

교장	김선생, 항상 깊이 생각해요, 깊게⋯.
김선생	네에⋯.
교장	하여튼 바람 잘 날이 없네. 안 되겠어. 뭔가 긴급대책회의를 해야겠어. 부장 선생님들 모두 교장실로 모이라고 해줘요.
김선생	지금요?
교장	그래요. 그러니까 긴급이지. 최선생도 오고⋯.
최선생	저도요?
교장	그래. 당연히 와야지.
최선생	전 부장 아닌데요?
교장	오늘부터 부장이야.
최선생	네? 무슨 부장⋯?
교장	커피부장.
최선생	네에?
교장	아메리카노 연하게⋯.

교장, 은근한 미소를 띠며 나간다.
김선생도 따라 나간다.

김선생	최부장님, 저도 연하게⋯.

(암전)

10.

대학병원 야외 벤치.
소희와 준영은 커피를 마시고 있다.

준영   어때? 우리 병원.

소희   크고, 좋네.

준영   구내식당도 괜찮지?

소희   응, 먹을 만해.

준영   일부러 여기 밥 먹으러 오는 사람들도 있어. 저렴하고 가
성비 최고지.

소희   그러네. 물가가 하도 올라서….

준영   담주 토요일에 우리 집에 가는 거 알고 있지?

소희   왜?

준영   이런, 벌써 깜박했어? 아버지 생신이라고 했잖아.

소희   아….

준영   이번엔 확실히 다짐을 받아 놔야지.

소희   뭘?

준영   인턴 마치면 나도 아버지 병원으로 들어가려고….

소희   형 있다고 하지 않았어?

준영   형은 의사 포기했나봐.

소희   왜?

준영	적성도 안 맞고 그런대나… 잘 됐지 뭐. 하기 싫은 거 괜히 강요하면 사고만 치지. 나라도 열심히 해야지.
소희	형하고 사이가 안 좋은가 봐?
준영	안 좋을 것도 없어. 길이 다를 뿐이지.
소희	아버님 실망이 크시겠네.
준영	아버지야 그러시겠지. 두 아들이 양옆에서 딱 받쳐주길 바라니까.
소희	어머님은?
준영	엄마가 중간에서 제일 힘드셔. 아버지가 바라던 대로 형이 의대는 합격했는데, 한동안 사라져 버렸잖아. 의대 안 간다고… 소원대로 합격을 해줬으니 이제 자기 하고 싶은 거 한다고 여자친구랑 어디 가버렸거든. 그래서 엄마가 겨우 찾아내서 사정 사정… 빌다시피 해서 겨우 학교에 들어갔지만 결국 아닌가 봐.
소희	하고 싶은 거 하며 사는 게 행복 아닌가…?
준영	형 입장에선 그러겠지. 하지만 부모님은… 아무튼 이젠 내 어깨가 무거워. 소희도 마찬가지….
소희	내가 왜?
준영	내가 큰아들 노릇할지도 모르니까….
소희	그럼 안 되겠네.
준영	응?
소희	난 준영 씨가 장남이 아니어서 좋아한 건데 그러면 안 되지.

준영	뭐? 이런… 내가 신경 안 쓰이게 할 테니 걱정하지 마세요.
소희	믿을 수 있을까?
준영	이런 점점… 필요하면 가사 도우미 쓸 테니 걱정하지 마세요, 사모님.
소희	돈으로 하는 일은 누가 못해?
준영	(핸드폰을 꺼낸다) 여보세요. 네. 아니 보험으로 하면 되잖아요. 네? 알았어요. 얼마면 되죠? 네. 알았다구요. 곧 입금할 테니까 더 이상 전화하지 마요.
소희	무슨 일이야?
준영	응. 간단한 접촉사고 났는데 이 새끼가 자꾸 돈을 요구하네. 하여튼 없는 것들은 어떻게든 뜯어낼 궁리만 하고….
소희	무슨 사정이 있겠지.
준영	사정은 무슨, 여기 살짝 긁혔는데 입원을 하네 어쩌네… 끝까지 따질까 하다가 귀찮아서 그냥 돈 줘버리려고….
소희	보험으로 하면 되지 왜 돈을 줘?
준영	실은 내가 그때 한잔 했거든….
소희	음주운전?
준영	아니, 딱 맥주 한잔….
소희	조심해야지, 더구나 의사가… 그러다….
준영	알았어, 알았으니까 그만 해!
소희	아니 왜 나한테 화를….
준영	미안, 내가 예민해서… 생각만 하면 열 받아서….

소희   자기가 잘못했구만.

준영   아니, 그게 아니라….

전화벨 울린다.

준영   네. 엄마. 아니 그냥 내버려두세요. 형 일은 형이 알아서
        하라고. 네? 제 말이라고 듣겠어요? 아니요. 전 못해요.
        저도 바빠요. 그만 끊을게요.

소희   왜 또?

준영   아니야. (시계를 본다) 벌써 시간이… 나 그만 들어가봐야
        겠어.

소희   응, 알았어.

준영   좌우지간 다음 주 잊지 마. 그리고 이거….

소희   뭔데?

준영   어머님 갖다 드려. 건강진단 한번 받으셔야지.

소희   아니, 안 해도 되는데….

준영   간다.

준영, 자리를 뜬다.

소희, 봉투를 열어본다.

(암전)

11.

교실.

최선생, 태호 앞에 서 있다.

최선생 일단 이 옷 입고 있어. 응?

태호 싫어요. 제 옷 빨리 갖다주세요.

최선생 그 옷은 세탁기에 집어넣었다고 했잖아. 옷 마를 때까지
만 입고 있어. 냄새 난 옷을 언제까지 입겠다는 거야?

태호 안 돼요. 그 옷 없으면 안 돼요.

최선생 뭐가 안 된다는 거야? 거기에 돈이라도 들어있어? 아무
것도 없던데….

김선생, 안으로 들어온다.

김선생 무슨 일이에요?

최선생 얘가 또 고집부리네. 그 빨간색 옷만 입겠다는 거예요.

김선생 갖다 주면 되잖아요.

최선생 세탁기에 이미 넣었어요. 얼마나 오래 입고 있었던지 냄
새가 그냥….

김선생 태호야, 너 엄마 오라고 할까?

태호 엄마 바빠요. 옷이나 빨리 줘요.

| 김선생 | 태호야, 잘 들어봐. 그 옷은 더러워서 빨아야 돼. 세탁하고 마르면 갖다 줄 테니까. 지금은 다른 옷 입고 있어. 태호, 착하지? 응? |
| 태호 | 싫어. 옷 갖다 주세요. 옷 갖다 주세요. 빨리요! (소리 지른다) |

사이.

김선생	어떡하지?
최선생	태호 엄마에게 전화할까요?
김선생	자꾸 전화해서 오라고 하기도 미안하고….
최선생	저러다 또 뒹굴면 어떻게 해요?

미리, 태호에게 다가간다.

미리	태호야, 초콜릿 하나 줄까?
태호	안 먹어.
미리	이 옷 예쁜데?
태호	그럼 너 가져. (상의를 벗는다)
미리	야!
김선생	태호야, 잠깐. 알았어. 옷 가지러 가자. 얼른 옷 입어.
태호	정말요? (벗은 옷을 다시 입는다)

사이.

최선생   어쩌려구요?

김선생   설마, 물에 젖은 거 입을려고….

최선생   입을걸요.

김선생   태호야, 가자.

태호   네.

김선생, 태호를 데리고 나간다. 미리도 따라 나간다.

최선생   하나는 머릴 박고 다니질 않나 하나는 옷에 꽂혀서… 어휴, 선생님 똥은 개도 안 먹는다더니… 아, 배야…. (배를 움켜쥐고 나간다)

아무도 없는 교실. 예찬, 들어와서 피아노를 친다.
잠시 후 미리, 들어와서 예찬이 옆에 선다.

미리   피아노 그만하고 나랑 얘기 좀 해.

예찬   왜?

미리   네가 그럴 수 있어?

예찬   나 지금 바빠.

미리   너, 소희쌤 온 뒤로 변했어.

예찬   나 바쁘다니까….

미리   왜 바쁜데!

예찬   소희쌤이 내준 과제 해야 돼.

미리   뭐라고!

소희, 들어온다.

소희   너희들 싸우니?

미리   선생님 미워요.

소희   왜?

미리   예찬이는 소희쌤만 좋아하잖아요!

미리, 뛰어나간다.

소희   이게 무슨 말…?

예찬   예찬이는 다짠 좋아요.

소희   그럼 우린 친하니까. 음악적으로 호흡도 잘 맞고….

예찬   쇼팽보다 나이도 많고….

소희   응?

예찬   예찬이는 다짠과 결혼할 거야.

소희   정말? 호호….

예찬   예찬이는 선생님과 결혼한다. 다짠과 결혼한다….

소희   예찬 씨. 예찬이가 선생님을 좋아하는 건 고마운데 결혼
       은 안 되지. 우린 선생과 제자니까. 자, 과제 내준 거 한

번 해볼까?

예찬 예찬이는 다짠 사랑하면 안 돼요? 다짠도 예찬이 좋아하 잖아요.

소희 그건… 그 이야기는 그만하고 연습부터 할까? 우리 콩쿨 나가기로 했잖아.

예찬 (일어나서 다른 사람이 된 것처럼 진지한 말투로) 선생님은 상대 방의 말을 무시하고 있어요. 무시한다는 건 상대를 동등 한 인격체로 보지 않고 저급하게 여기고 존중하지 않는 태도에 기인하는 거예요. 해바라기는 키가 크다고 해서 키작은 채송화를 내려다 보지 않고 나이 많은 고목은 어 린 나무가 자라는 걸 가로막지 않아요. AI 로봇은 누가 질문해도 한번도 답을 회피하지는 않아요. 선생님은 로 봇보다 못한 존재인가요?

소희 아….

예찬 오늘 연습 못하겠어요.

소희 저….

예찬, 그대로 나가 버린다.
소희, 멍한 표정을 지으며 바라본다.

소희 갑자기 누구 빙의가 됐나…?

(암전)

12.

교무실.

최선생 혼자 책상에 앉아 있다. 잠시 후, 소희 들어온다.

소희　　태호 무슨 일 있어요? 어머니 오신 것 같던데….

최선생　아이고, 말도 마.

소희　　왜요?

최선생　태호는 옷에 무슨 귀신이 붙었나, 그 빨간색 줄무늬있는 라운드 티 있거든. 그것만 밤낮으로 입고 다니고 다른 옷은 절대 안 입으려고 해. 오래 입어서 땀내가 쩔어도 그것만 입겠다는 거야. 자기 말 안 들어주면 머리를 쥐어뜯고 악을 쓰고… 어제가 바로 그날이야. 귀신 오는 날.

소희　　왜 그럴까요? 무슨 심리적으로 문제 있나요?

최선생　원래 여기 애들이 그래요. 뭐 하나에 꽂히면 답이 없어.

소희　　그래서 그러나…?

최선생　왜 무슨 일 있어요?

소희　　네. 예찬이가 좀 걸리네요.

최선생　왜요? 예찬이는 착실한데….

소희　　날 좋아한대나….

최선생　한번씩 그래요. 나이는 먹었어도 아직 애들이에요. 좀 있으면 괜찮을 거예요. 나도 처음에 여기 왔을 때 그랬어요. 관심 받고 싶어서 그러는 거예요.

소희 발달장애인도 결혼하는 경우가 있나요?

최선생 아주 드물죠. 둘 다 장애가 있으면 더욱 그렇구요. 경제 생활을 해야 하는데 그래가지고 어떻게 정상적인 직업을 가지고 돈을 벌겠어요. 부모가 도와주지 않는 한… 혹시 모르죠. 둘 중 한 명이라도 비장애여서 생활할 능력이 되면 몰라도.

소희 그래도 그런 사례는 있지 않나요?

최선생 더러 있지요. 하지만 둘이 좋다고 해도 가족들의 반대가 심하겠죠. 다행히 결혼은 하더라도 아이 낳는 것도 문제고….

소희 아이는 왜?

최선생 유전적으로 문제가 있을 수 있고, 아이가 나중에 오히려 부모를 부양해야 할지도 모르니까요.

소희 아….

최선생 세상은 넘을 수 없는 벽이 많아요. 지금은 부모가 살아 있으니까 괜찮은데 더 나이 들면 걱정이죠. 그래서 부모들은 애들보다 하루만 더 살게 해달라고 기도한다잖아요.

소희 아, 마음이 짠해지네요.

최선생 왜? 예찬이와 결혼이라도 하시게?

소희 네?

최선생 아니요. 농담, 농담이에요. 말도 안 되죠. 선생님 같은 미인이. 애인도 있으실 테고….

소희 근데 좀 걱정이 되네요. 예찬이가 너무 진지하게 나오니까….

최선생 진지하게?

소희 예찬이가 평소엔 몇 마디 안 하잖아요. 근데 갑자기 무슨 방언 터지듯 말을 길게 술술… 어찌나 어른스럽게 조리 있게 말하는지 깜짝 놀랐어요.

최선생 드라마 대사를 외웠나? 아님 빙의가 와서…?

소희 빙의요?

최선생 안 되겠네. 내가 혼쭐을 내야지. 어디서 감히….

소희 아, 아니에요. 마음 붙일 데가 없어서겠죠. 선생님한테 그런 애는 없어요?

최선생 아니, 난 그닥… 내가 워낙 무섭게 해버리니까 그런 일은 없죠. 나한테 뒤통수 안 맞은 애들은 없을 거예요. 선생님, 애들에게 너무 잘해주지 마세요. 그러다 상처받아요. 적당히… 그냥 애들이라니까요.

소희 네에….

교장, 들어온다.

교장 아, 마침 있었구만. 정선생님.

소희 네? 저요?

교장 음. 이런 게 왔네요. 참고하세요.

소희 네, 감사합니다.

최선생　교장 선생님. 뭐 필요하신 거라도….

교장　아, 최부장은 이따… 아니, 됐어요.

교장, 나간다.

최선생　휴우, 다행이다. (사이) 근데 뭐예요?

소희　콩쿨 예선….

(암전)

13.

늦은 오후, 교실.

학생들은 각자 자기 일에 빠져있다. 동규는 일어서서 돌아다니니고 철수는 손톱을 입으로 뜯고 있다. 태호는 뭔가 중얼거리며 해죽해죽 웃고 있고 다은은 도화지에 그림을 그리고 있다. 미리, 다은에게 다가간다.

미리　내 그림 다 됐어?

다은　여기.

미리　야, 똑같아. 얼마라고 했지?

다은　만원.

미리	넌 돈 모아서 뭐하려고 그래?
다은	독립….
미리	왜? 집 형편이 어려워?
다은	그게 아니고 엄마 잔소리….
미리	그래도 집이 좋지. 나가면 너 개고생이다. 방 얻어야지, 밥은 어떻게 하고…?
다은	만화 그리면 돼.
미리	그게 몇 푼이나 된다고… 그것보다 더 문제는 날마다 매일 늑대들이 네 집 주위를 어슬렁거릴 거야. 널 노리고….
다은	하나 키우지 뭐….
미리	뭐? (터지는 웃음) 너 웃긴다.
다은	….
미리	(다은의 웹툰을 본다) 이건 뭐야? 귀엽네, 그런데 구름 위를 걷는 것 같아.
다은	구름이.
미리	구름이? 이름이 딱이다. 근데 왜 이렇게 걷는 거야?
다은	개가 가장 행복할 때….
미리	그렇구나. 너는 언제가 가장 행복해?
다은	혼자 있을 때….
태호	언제든지 달려갈 거야.

철수, 태호의 머리를 두드린다.

태호	아!

철수, 창문 쪽으로 걸어가 리듬감 있게 벽을 두드린다.

미리	철수야, 선생님이 시끄럽다고 두드리지 말랬어.

철수, 흥얼거리며 계속 벽을 두드린다.

미리	수업 안 하니까 좋다. (요플레를 먹는다) 흐음, 맛있어.

동규, 미리 앞에 다가와 선다.

미리	왜? (사이) 먹고 싶어?
동규	(머리를 끄덕인다)
미리	자. (요플레를 손으로 찍어 동규 얼굴에 발라준다)

동규, 만족한 얼굴로 돌아간다.
미리, 예찬에게 다가간다.

미리	뭐해?
예찬	(풀이 죽어있다)
미리	어디 아퍼?
예찬	(말없이 안경을 벗어 닦는다)

미리	나 땜에 화난 거야?
예찬	….
미리	예찬아 애들이 너한테 뭐라 하는지 알아?
예찬	(노려본다)
미리	너보고 바보래. 그깟 선생이 뭐가 좋다고….

미리, 자기 자리로 돌아가 앉는다.

태호	눈물은 이별의 거품, 다가올 사랑은 두렵지 않아.

예찬, 일어나서 피아노 앞으로 간다.
느리고 서정적인 곡을 연주한다.
미리, 일어나서 요가하듯 천천히 몸을 움직인다.
다은, 그림을 그린다.
동규, 나비가 춤을 추듯 돌아다닌다.
철수, 여기저기 가볍게 벽을 두드린다.

태호	자신에게 실망하지 마, 모든 걸 잘할 순 없어.

예찬의 음악이 빨라지고 흥겨운 격정으로 바뀐다. 철수의 리듬도 빨라진다.
동규는 생수병을 두드린다. 미리의 동작은 커지고 빨라진다.
태호는 탬버린으로 가세한다. 다은은 갑자기 일어나 머리를 풀어 헤치고 열정적으로 흔들어 댄다.

모두 환희에 찬 얼굴, 그들만의 세상….

(암전)

14.

교실. 점심시간.

학생들은 나가고 없고 소희 혼자 통화 중이다.

소희   아무래도 토요일에 힘들 것 같아. 학교에 일이 있어. 갑
자스런 일이라 나도 어쩔 수 없어. 데리러 온다고? 아니,
직장에 남자가… 그건 아니고… 뭐? 당장 그만두면 갑자
기 난 뭐하라고? 나한텐 여기도 직장이야. 수업 들어가
야 돼. 그만 끊어.

전화 진동음이 울린다. 소희, 받지 않는다.

잠시 후, 예찬, 다가온다.

소희   들어와.

예찬, 피아노 앞에 앉는다.

소희	오늘은 연습 좀 할까?
예찬	네.
소희	괜찮아?
예찬	괜찮아요.
소희	그럼 여기까지 한번 쳐봐. 그리고 좋은 소식이 있어. 피아노 콩쿨 예선 일정이 나왔어. 이제 딱 두 달 남았네. 우리 한번 열심히 해보자.
예찬	네.

예찬, 피아노를 성의 없이 친다.

소희	왜 그래?
예찬	몰라요.
소희	왜 그럴까? 여태껏 잘 하다가… 박자도 놓치고 속도도 느리고 예전 같지 않아. 점심 안 먹었어?
예찬	네.
소희	왜 밥을 안 먹어?
예찬	애들이 놀려요.
소희	왜? 뭐라고?
예찬	예찬이가 선생님 좋아한다고. 얼라리 바보라고….
소희	선생님 좋아한다는데 왜 놀릴까? 이상하네. 참, 미리는 어때? 미리가 예찬이 많이 좋아하는 것 같던데….
예찬	우린, 그런 사이 아니에요.

소희	왜? 미리는 이쁘고 활발하고 성격도 좋은데….
예찬	그냥 친구예요.
소희	너무 빼도 좋지 않아. 미리가 상처받으면 어쩌려고?
예찬	미리 얘긴 그만해요.
소희	내가 보기엔 둘이 잘 어울리는 것 같은데….
예찬	예찬이 미리 안 좋아해요. (일어선다)
소희	왜? 화났어?
예찬	예찬이 화나요.
소희	알았어, 알았어. 우리 그런 얘긴 그만하고 피아노에 집중하자.

사이.

예찬	선생님은 예찬이가 싫어요?
소희	나도 예찬이가 좋아. 순수하고 재능도 있고 침착하고… 그런데 사랑이니 결혼이니 그런 말은 하면 안 돼.
예찬	왜 안 되는데요?
소희	우리는 그런 사이가 아니잖아.
예찬	내가 바보라서 그러는 거죠?
소희	아니 그건 아니고 우린….

최선생, 커피를 마시며 들어온다.

최선생   정선생, 점심 먹었어요? 예찬이도 있었네.

소희   오늘은 그만 하자. 집에 가서 연습해 와.

예찬   (크게 소리친다) 왜 안 되는데요? 예찬이는 왜 안 되는데요!

최선생   얘, 왜 이래요?

소희   예찬아, 그만 해.

예찬   말해주세요, 말해주세요, 말해주세요!

예찬은 양손으로 자신의 머리를 때린다.

최선생   어머, 예찬아!

소희   예찬아 그만 해. 그럼 안 돼….

예찬, 악보를 찢어서 공중으로 날린다.

소희   아, 어떡해… 예찬아, 그러지 마, 이러면 안 돼!

최선생   (예찬이를 붙잡으며) 예찬아! 예찬아! 진정해.

김선생, 급히 들어온다.

김선생   왜 그래요?

최선생   예찬이가….

최선생과 김선생은 예찬이를 붙들고 데리고 나간다.

소희, 놀란 가슴을 쓸어 담으며 어쩔 줄 모른다.

(암전)

15.

교무실 한쪽 책상에 앉아있는 예찬, 잠시 후 최선생 앞으로
다가와 반성문을 내민다.

예찬　여기요.

최선생　다 썼어?

예찬　네.

최선생　착하디착한 우리 예찬이가 왜 그랬어? 소희쌤이 그렇게
좋아?

예찬　….

최선생　뭐야? 얘 좀 봐. 무슨 에세이를 써놨어요.

김선생　뭐라고 썼는데요?

최선생　사랑을 막을 수 있는 것은 아무것도 없다. 사랑은 시작도
없고 끝도 없기 때문이다. 사랑은 그 어떤 것이라도 상관
하지 않고 그 어느 곳이라도 상관하지 않고 오직 그대를
향해서만 나아간다. 사랑은 오래전부터 끊임없이 자신의
날개를 펼치며 날아가고 있는 것이다.[2]

71

김선생 얼씨구, 반성문을 쓰라고 했지, 누가 핸드폰 보고 베껴 쓰라고 했어?

예찬 예찬이 마음이에요.

김선생 너 써놓은 걸 보니까 반성하는 기미가 전혀 안 보이는데… 사랑하는 감정이야 막을 순 없지만 그래도 그렇게 소란피우면 안 되지.

예찬 죄송합니다.

김선생 말로만 죄송하다고 하지 말고 앞으로 안 그래야지. 내가 알기엔 미리가 너 좋아하는 것 같던데 미리가 너 이런 줄 알면 무척 서운하겠다.

최선생 에이, 선생님도 그런 말은 좀….

김선생 그런가…? 야, 가서 이거 다시 써 와.

예찬 다시요?

김선생 그래. 네 주장하는 바를 쓰지 말고 네가 뭘 잘못했는지 그것만 사실대로 써야지.

예찬, 원래 있던 자리로 돌아가고
잠시 후 교장, 들어온다.

교장 정소희 선생님은?

최선생 병원에 들렀다 온다고 했습니다.

교장 그래? 아무래도 많이 놀랐을 거야.

---

2) 독일의 시인 Matthias Claudius(1740~1815)의 시.

최선생	그게 아니고 오전에 검진이 있다네요.
교장	왜? 많이 아퍼?
최선생	아니요. 두 달 전에 이미 예약한 거라….
교장	아, 그래?

교장, 예찬에게 다가간다.

교장	강예찬 반성하고 있어?
예찬	….
김선생	지금 반성문 쓰고 있는 중입니다.
교장	어디 선생님을… 우리 땐 감히 선생님 노란자도 밟지 않고 선생님들은 화장실도 안 가는 줄 알았다. 근데 감히 사랑이라니….

최선생과 김선생, 서로 눈을 마주친다.

최선생	그림자 아닌가요?
교장	어? 아, 그림자, 그림자. 아침에 계란 먹은 게 그냥 속이 더부룩하네.

지숙, 교무실 안으로 들어온다.

| 지숙 | 교장 선생님, 죄송합니다. 어떻게 이런 일이…. |

교장   어린 마음에 그런 것 같은데 선생님이 많이 놀라셨어요. 예찬이는 그동안 말썽 피우지 않고 잘 다녔는데 별일이네요.

지숙   제가 잘 지도하겠습니다.

교장   아무래도 당분간 집에 데리고 가셔서 케어를 하셔야 겠어요. 어떻게 대처해야 할지 저희도 선생님들과 의논할 거구요.

지숙   집으로 데려 가라구요? 그럼 학교는…?

교장   지금 상황에선 학교에 두는 것보다 마음 좀 가라앉게 집에서 쉬는 게 좋겠어요. 정선생님 입장도 있고….

지숙   그 선생님은 어디 가셨나요?

교장   병원에 갔어요.

지숙   네? 어떡해. 죄송합니다. 정말 죄송합니다.

최선생   검진….

교장, 최선생을 바라보자 최선생은 말을 멈춘다.
지숙, 예찬에게 다가간다.

지숙   아이고 이놈 자식아, 무조건 잘못했다고 그래.

예찬   예찬이 잘못한 거 없어.

지숙   그래도…!

교장   예찬아, 선생님을 제자로서 좋아할 수는 있는데 그렇게 떼쓰고 소란을 피우면 안 되지. 선생님이 네 친구도 아니고.

예찬 선생님이 나 싫다고 했어요.

교장 예찬이가 싫은 게 아니라 넌 학생이고 소희쌤은 선생님
이잖아.

예찬 선생님이 우린 서로 통하는 게 많고 친구라고 했어요.

교장 그거야 말이 그렇지, 선생님과 학생은 엄연히 다르지.

지숙 예찬아 그만… 얼른 잘못했다고 그래. 너 이러면 학교도
못 다녀.

예찬 예찬이 선생님과 얘기할래. 예찬이는 선생님 사랑하면
안돼?

지숙 아이고 이 미친놈이, 어디서 선생님을… 아이고 죄송합
니다. 정말 죄송합니다.

교장 일단 집으로 데려가시고 안정을 좀 시키세요.

예찬 다짠이 그랬어. 외눈박이가 외눈박이 만나면 행복하다
고….

소희, 교무실로 다가오다 복도에 멈춰 선다.

지숙 얼른 가자!

예찬 싫어. 나 여기 있을래. 선생님과 같이 있을래. 피아노 같
이 쳐야 돼.

지숙 예찬아, 엄마 말 안 들을래!

예찬 예찬이 집에 가기 싫어. 학교에 있을래.

최선생	예찬아, 집에 가서 며칠만 있다가 학교에 다시 오는 거야.
예찬	다짠 어딨어? 다짠과 얘기할래!
지숙	예찬아, 이러면 안 돼. 일단 집에 가자. 엄마 말 들어.
예찬	집에 가기 싫어, 학교에 있을래. 집에 가기 싫단 말이야!

소희, 복도에서 듣고 있다 어찌할 바 없이
벅차오르는 슬픔에 안타까운 눈물을 흘린다.

(암전)

16.

늦은 오후, 교실.
김선생과 학생들은 종이비행기를 만들고 있다.

김선생	자, 다 접었지?
철수	잘 안 돼요.
김선생	이리 줘 봐. (사이) 자, 이렇게 하는 거야.
다은	저도요.
김선생	한번 더 접어서 이렇게….
다은	감사합니다.
김선생	옳지, 태호는 잘하네. 이 비행기는 어디로 가는 거야?

태호	미국.
김선생	그래? 미국 어디?
태호	브로드웨이.
김선생	브로드웨이? 거긴 왜?
태호	뮤지컬 보러 가요.
김선생	오, 멋지다. 어떤 뮤지컬?
태호	참 예뻐요. 내 맘 가져간 사람, 참 예뻐요. 내 맘 가져간 사람….
김선생	어디서 많이 들어본 것 같은데… 브로드웨이 뮤지컬 맞아?
태호	들리나요 내 맘 외치는 소리, 보이나요 두 눈에 흐르는 눈물….
미리	선생님, 우리나라 뮤지컬이에요.
김선생	그럼 그렇지. 어디서 주워 듣기만 하고….
태호	심장 박동 요동쳐, 북소리 되어 울릴 때 내일이 열려 밝은 아침이 오리라.
김선생	그만, 뚝!
태호	선생님, 사랑해요.
김선생	철수는 어디 가?
철수	명륜진사갈비.
김선생	고깃집?
철수	네. 무한리필 고기 먹으러 가요.
김선생	좋겠다. 비행기로 고기 먹으러 가고 그냥 전용비행기네.

다은이는?

다은 별나라.

김선생 오, 어떤 별?

다은 명왕성.

김선생 명왕성엔 왜?

다은 토끼 보러.

김선생 거기도 토끼가 있구나.

동규, 일어서서 돌아다닌다.

김선생 동규는 뭐해? 넌 무슨 로케트를 만들어놨어?

동규 쉬웅 꽝. 쉬웅 꽝….

김선생 이건 어디로 날아가는 거야?

동규 후쿠시마….

김선생 뭐?

사이.

김선생 미리는 뭘 이렇게 빽빽이 써놨어? 예찬이에게…? 편지로 비행기를 만들었네.

미리 이리 주세요.

김선생 자, 이제 비행기를 날려볼까. 미국까지. 명왕성까지… 하나, 둘, 셋!

사이.

김선생 미리는 뭐해? 안 날리고….

미리 주소를 몰라요.

김선생 미리야, 이 비행기는 일단 뜨면 자기가 알아서 찾아 갈 거야. 네가 정성을 다해 소원을 빌면….

미리 정말요?

김선생 자, 해봐.

미리 예찬아 나 미리야.

잘 지내고 있어?

내가 귀찮게 해서 학교 안 나오는 거야?

나 이제 너 좋아하지 않을 테니까 학교 나와.

우린 누굴 좋아하면 안 되나봐.

너도 이제 누굴 좋아하지 마.

(암전)

17.

교무실.

김선생 혼자 책상에 앉아있다.

김선생 수업도 끝났고… 오후엔 잠깐 나갔다 올까? 누가 찾진
않겠지?

최선생, 허둥지둥 들어와서 두리번거린다.

최선생 선생님, 선생님!

김선생 왜?

최선생 저 대신 잠깐 수업 좀 들어가 주세요.

김선생 무슨 일인데?

최선생 배가….

김선생 큰 거, 작은 거?

최선생 큰 거.

최선생, 급히 나간다.

김선생 에이 더럽게… 그래도 (흥얼거린다) 머리부터 발끝까지 다
사랑스러워….

소희, 들어온다.

김선생   혹시 안 봤죠?

소희   네? 뭘…?

김선생   그럼, 다행이고… 수업 들어가요.

잠시 후, 교장, 들어온다.

교장   김부장, 김부장!

소희   수업 들어갔는데요.

교장   지금 수업이 없을 텐데… 김부장 보거든 나에게 오라고
해줘요.

소희   네.

교장   참, 괜찮아요? 많이 놀랐죠?

소희   아니요. 괜찮습니다.

교장   여기 있으면 별일이 많아요. 애들이 좀 특별하니까 이해
하세요. 특별히 아픈 데는 없죠?

소희   네.

교장, 나가려고 한다.

소희   저, 교장 선생님. 예찬이 다시 학교에 나오게 하면 안 될
까요?

교장	네? 선생님이 힘들지 않겠어요?
소희	한순간의 감정이야 시간이 지나면 사그라들지 않을까요? 제가 잘 달래면서 지도하겠습니다.
교장	그래도 지금은 좀….
소희	더 엇나가지 않을까 걱정돼서요. 그리고 예찬이는 재능이 있으니까 거기에 더 집중하면 딴 생각 안 할 것 같아요.
교장	선생님 뜻은 알겠는데 그렇게 간단한 일이 아니에요. 언제 돌발상황이 생길지 모르니까, 더 두고 봅시다. 예찬이 어머님과 상의도 해야 하고….
소희	예찬이 어머님도 좋아하지 않을까요?

최선생, 들어온다.

교장	최선생. 예찬이 학교 다시 나오게 해도 괜찮겠어요?
최선생	글쎄요, 소희쌤은 괜찮아요?
교장	아, 정선생이 부탁해서 물어보는 거예요.
최선생	저야, 뭐. 소희쌤이 좋다면야 상관없습니다. 제가 예찬이 또 그러면 혼쭐을 내겠습니다.
교장	그럼 최선생이 보증설 거야?
최선생	보증까지는 좀… 아빠가 보증은 절대 서지 말라고 하셔서….
교장	대체 말이여 막걸리여? (사이) 근데 김부장 못 봤어요?
최선생	어머, 내 정신 좀 봐. 김선생님 어디 있는지 알아요. 바로

오라고 할게요. (후다닥 달려 나간다)

교장   왜 저래?

소희   ….

교장   아무튼 둘이 뭔가 있단 말이야.

소희   교장 선생님 그럼 어떻게…?

교장   아, 김부장 오면 상의해볼게요. 김부장 오면 교장실로 오
         라고 해요.

소희   교장 선생님, 부탁드립니다.

교장   선생님이 부탁까지 할 필요가….

화재경보기가 울린다.

교장   또 뭐야!

(암전)

18.

일주일 후, 교실.

최선생이 수업을 진행한다.

최선생   얘들아 만약 이 세상에 엄마. 아빠가 없다면 어떻게 될까?

태호	슬퍼요.
최선생	그렇지, 슬프지.
철수	좋아요.
최선생	뭐? 좋아?
철수	네. 맘껏 먹을 수 있어요.
최선생	철수는 먹는 게 엄마, 아빠보다 더 좋아?
철수	먹는 게 더 좋아요.
미리	어휴, 저 돼지….
최선생	그래도 엄마, 아빠가 없으면 불편하지. 혼자 다 해야 하니까. 밥도 혼자 해서 먹어야 하고 청소도 혼자 해야 하고 돈도 벌어야 하고… 그래서 우린 엄마, 아빠 없어도 혼자 할 수 있어야 돼.
태호	선생님, 저 결혼하고 싶어요.
최선생	그래? 누구랑?
태호	다은이요.
최선생	정말? 그건 상대방의 의사도 물어봐야지. 다은이는 태호 어때?
다은	밥맛….
최선생	태호야 밥맛이라는데?
태호	밥 맛있어요.
동규	밥! 밥! 밥!
최선생	동규야 조용! (사이) 좋아. 그럼 결혼하려면 뭐가 있어야 할까?

철수	집이 있어야 돼요.
최선생	그렇지. 또?
미리	돈?
최선생	맞아요. 결혼하려면 집이 있어야 하고 돈이 있어야지. 돈이 있으려면 직업이 있어야 하는 거야.
태호	선생님 일하고 싶어요.
최선생	무슨 일?
태호	편의점에서 일하고 싶어요.
최선생	편의점 좋지. 다은이는?
다은	그림.
최선생	그래, 그림 그려서 화가 되는 것도 좋지. 웹툰 작가도 좋고. 철수는 무슨 일 하고 싶어?
철수	명륜진사갈비.
최선생	넌 오로지….
미리	배불뚝이.
최선생	차라리 지금이 석기시대라면 좋겠다. 그럼 직업을 가질 필요도 없고 열매나 따먹고 고기나 잡고, 너흰 장애도 아닐 테고… 문명의 발전이 오히려 많은 장애인을 만들고 있으니… (사이) 내가 무슨 말을 하는 거지…?
태호	선생님, 무슨 말인지 모르겠어요.
최선생	그래, 그래, 몰라도 돼. 그래서 직업을 가져야 하는데 직업을 가지려면 덧셈, 뺄셈, 계산을 할 줄 알아야 하고 말을 잘 해야 돼. 우리 편의점 놀이를 한번 해볼까?

태호　　손님 안녕히 오세요!

미리　　어휴 바보….

전화 진동음 울린다.

최선생, 핸드폰을 꺼내 통화한다.

철수　　태호야, 오늘 끝나고 짜장면 먹으러 가자.

태호　　그래. 돈은 누가 내고?

철수　　네가.

최선생　네. 알겠어요. (전화 끊는다) 자, 각자 편의점 직원이라고 생
　　　　　각하고 한 번 해보자. 모두 큰소리로 따라 해봐. 안녕하
　　　　　세요. 제가 도와드리겠습니다.

학생들　안녕하세요. 제가 도와드리겠습니다.

최선생　봉투 필요하신가요?

학생들　봉투 필요하신가요?

최선생　총 만원입니다.

학생들　총 만원입니다.

최선생　계산은 현금, 카드 중에 어떤 것으로 하시나요?

학생들　계산은 현금, 카드 중에 어떤 것으로 하시나요?

사이.

최선생　잘했어. 그럼 그 다음에 마지막으로 무슨 말을 해야 할까?

미리	감사합니다. 안녕히 가세요.
최선생	아니, 그 전에….
태호	라면 먹고 갈래요?

사이.

최선생	태호야… 이제 영화 좀 그만 봐. 자, 말해 볼 사람 없어?

예찬, 조용히 교실로 들어온다.

예찬	영수증 필요하신가요?
최선생	누구야?
미리	예찬아!

모두, 반가운 시선으로 예찬을 바라본다.

(암전)

19.

교무실에서 소희, 책상에 앉아 악보를 정리하고 있다.
잠시 후 지숙, 안으로 들어온다.

지숙   안녕하세요. 정소희 선생님시죠? 저, 예찬 엄마예요.

소희   아, 네.

지숙   진즉 찾아뵀어야 하는데, 이제야… 정말 염치가 없네요.

소희   아니요, 어머님도 많이 힘드시죠?

지숙   죄송스럽고 감사합니다. 예찬이 다시 학교에 나올 수 있
게 선생님이 배려해주셔서….

소희   아닙니다.

지숙   예찬이는 한번 뭐에 꽂히면 좀처럼 포기를 안 해요. 선생
님 많이 힘드시게 하고… 원래 그러려니 하고 이해해주
세요.

소희   앉으세요. 차 한잔 드릴까요?

지숙   괜찮습니다. 방금 교장실에서 마시고 와서….

사이.

소희   근데 예찬이는 피아노 언제부터?

지숙   5살 때부터 동네 학원에 보냈죠. 하도 산만해서 뭐 하나

라도 집중하게 해보자 해서 보냈는데 피아노는 좋아하더라구요. 아마 피아노에 꽂혔나봐요. 그 뒤론 종일 피아노만 치더군요. 그만 좀 하라고 해도 막무가내예요. 피아노 칠 때 가장 행복해 하는 것 같아요. 예찬이는 또 절대음감이에요. 무슨 소리든 한번 들려주면 안 보고 바로 치거든요. 그래서 다른 아이들은 보통 2년 정도 걸린다는 체르니도 반년 만에 끝냈어요.

소희　아, 그렇군요. 원래 타고난 재능이….

지숙　실은 예찬이 아빠도 음악 하는 사람이었어요. 피아니스트였죠.

소희　아, 그래서… 그럼 아버님은 지금도 활동하시겠네요…?

지숙　예찬 아빠는 교통사고로 그만….

소희　아, 죄송해요.

지숙　예찬이가 초등학교 1학년 때, 하교길에 아빠랑 같이 차를 타고 가다가 사고가 나서 아빠는 죽고 예찬이는 다행히 무사했죠. 하지만 그 충격으로 자폐증이 심해진 것 같아요. 그래도 지금은 많이 좋아진 편이지만….

소희　그런 일이 있었군요. 많이 힘들었겠어요.

지숙　그후론 제가 혼자 예찬이를 책임져야 해서 일을 하다보니까 예찬이가 혼자 있는 시간이 많았어요. 아빠도 빨리 잃고 충분히 사랑받지 못해서 그런지 몰라도 한번 맘에 끌리는 사람이 있으면 좀 과도하게 집착하죠. 여러 가지로 죄송합니다.

소희	그래도 피아노에 몰두할 수 있으니 다행이에요. 어떨 때 보면 놀랠 정도로 머리 회전이 빠르고 기발하고⋯ 그⋯.
지숙	네?
소희	천재성이 있다는 말입니다.
지숙	한쪽으로만 그렇죠. 두루 발달해야 하는데⋯ 유명한 예술가 중에는 장애가 있는 사람도 더러 있다고 하죠?
소희	그럼요, 베토벤도 있고 보첼리, 펄만⋯ 많죠.
지숙	그 정도까지 하겠냐마는 조금이나마 두각을 나타내고 인정받는다면 다행이고 희망사항입니다.
소희	제가 최선을 다해 지도하겠습니다.
지숙	아니요. 아닙니다. 레슨비도 드려야 하는데 못 드리고, 괜히 신경쓰게 해서 죄송하구요. 무난히 학교만 잘 다닐 수 있게 부탁드립니다.

사이.

소희	실은 예찬이, 피아노 콩쿨에 한번 내 보내볼까 하는데 괜찮으시죠?
지숙	콩쿨이요? 우리 예찬이가 그 정도 실력이 될까요⋯?
소희	가능성이 충분히 있습니다. 조금만 노력하면 아마 입상도⋯.
지숙	아이고 선생님 감사합니다. 예찬이 아빠만 살아 있었어도⋯. (울먹인다)

소희	어머니….
지숙	내가 하루라도 더 오래 살아야 하는데…. (흐느낌으로 변한다)

(암전)

20.

화창한 오후, 교실.

예찬이는 혼자 멍하니 앉아 있다.

소희, 복도를 지나가다가 예찬을 발견하고 안으로 들어온다.

소희	안녕?
예찬	안녕….
소희	나 안 반가워?
예찬	….
소희	별로 반가운 것 같지 않은데… 왜 그럴까… 학교 오니까 좋아?
예찬	좋아요.
소희	점심은 먹었어?
예찬	네.
소희	왜 혼자 있어? 밖에서 애들과 안 놀고… (창문으로 다가간다) 하늘에 새털구름 좀 봐.

예찬	햇빛이 싫어요.
소희	그렇구나, 나도 햇빛이 싫어.
예찬	왜요?
소희	햇빛에 타면 사람들이 날 몰라볼까 봐.
예찬	….
소희	집에서 피아노 좀 쳤어?
예찬	아니요.
소희	그럼 오랜만에 피아노 한번 쳐볼까
예찬	예찬이 이제 피아노 안 해요.
소희	왜? 피아노 좋아하잖아.
예찬	소리가 안 나요.
소희	왜? 고장났어?
예찬	두드려도 소리가 안 나요. 선생님과 똑같아요.

최선생, 문을 두드린다.

소희	네?
최선생	여기 급히 싸인할 게 있어서
소희	아, 네
최선생	(슬쩍 예찬이에게 눈길을 준다) 정선생 괜찮지?
소희	그럼요. (사이) 여기요.
최선생	고마워요. 수고해요.

사이.

소희 이런 얘기가 있어. 숲에 푸른 나무가 두 그루 서 있는데 그 나무들이 서로 사랑한다면 어떻게 될까?

예찬 ….

소희 나무는 움직일 수 없으니까 가까이 갈 수 없겠지. 그럼 서로 바라볼 수밖에 없어. 아무리 사랑해도 말이야.

예찬 사람은 나무가 아니에요.

소희 나무가 아니어도 바라볼 수밖에 없는 사랑이 있어. 하지만 서로 이별은 없지. 항상 그 자리에 있으니까 헤어지는 일은 없어. 예찬이는 나와 헤어지고 싶어?

예찬 헤어지고 싶지 않아요.

소희 나도 헤어지고 싶지 않아. 근데 예찬이가 나랑 같이 피아노를 치지 않는다면 난 예찬이와 헤어질지도 몰라. 피아노는 나무를 이어주는 유일한 끈이거든. 어떻게 할 거야?

예찬은 일어나 창문 쪽으로 가서 밖을 내다본다.

예찬 나무에게 물어봐야지.

소희 뭐라고?

예찬 (표정이 진지하게 변한다) 바라만 봐도 좋은지….

소희, 예찬의 달라진 말투에 놀라서 바라본다.

소희   나무가 말을 할까?

예찬   말을 해요.

소희   어떻게?

예찬, 피아노 앞으로 가서 연주를 시작한다.

예찬   남몰래 흐르는 눈물이 그녀의 두 눈에서 흘러요.

유쾌한 젊은이들이 질투를 하네요.

내가 더 이상 무엇을 더 바라겠어요

내가 더 이상 무엇을 더 바라겠어요

그녀는 나를 사랑해요. 그래요, 그녀는 나를 사랑해요.

나는 알아요, 알아요.

한순간 심장의 고동소리

그녀의 아름다운 가슴의 고동을 느껴요.

내 한숨 혼란스러움이 그녀의 한숨과 섞였으면

하늘이시여, 그래요, 나는 죽을 수 있어요. 죽을 수 있

어요.

더 이상 바라지 않아요, 바라지 않아요.[3]

소희, 예찬에게 다가가 피아노 앞에 앉는다. 예찬은 일어나 창
가로 간다.

소희, 피아노로 화답한다.

----

3) 도나제티 오페라 사랑의 묘약 중 '남몰래 흐르는 눈물'(Una furtiva lagrima)

소희   오 사랑하는 나의 아버지

그 사람을 사랑해요. 정말 멋진 남자예요.

저는 포르타 로사에 가서 반지를 사려고 해요.

반지를 사고 싶어요.

그래요, 전 정말 가고 싶어요.

만약 그분을 사랑할 수 없다면

차라리 베키오 다리로 가서

아르노 강물에 뛰어들겠어요.

전 사랑에 빠졌고, 괴로워요.

오 신이여, 전 죽고만 싶어요.

아버지, 제발, 아버지, 제발.[4]

소희와 예찬 사이에 미묘한 긴장감이 흐른다.

가을 햇살이 눈부시다.

(암전)

---

4) 푸치니 오페라 잔니 스키키 중 '오 사랑하는 나의 아버지'(O mio babbino caro)

21.

오전, 교무실.

김선생, 혼자 책상에 앉아 있다. 잠시 후, 교장, 안으로 들어온다.

교장   최선생은 어디 갔나?

김선생   네. 제과점에 빵 사러….

교장   무슨 빵을 사? 간식?

김선생   아니요. 오늘 조리사 선생님이 못 나오신 관계로 빵으로 대신….

교장   그래? 근데 그것 가지고 될까? 애들 배고플 텐데….

김선생   과일이랑 다른 것도 준비한다고 합니다.

교장   나는 오늘 밖에서 점심약속 있어서 상관없지만….

김선생   누구랑요?

교장   으흠, 그건 알 필요 없고….

김선생   혹시 그때 그분이랑…?

교장   어허 김부장. 남의 사생활을….

김선생   아, 죄송합니다.

교장   참, 우리 결과 언제 나온다 했지?

김선생   무슨…?

교장   지원 대상 지정말이야.

김선생   아 네, 다음 달 20일쯤….

교장	왜 그렇게 오래 걸리는지 참….
김선생	지원 대상이 되면 저희 급여도 좀 오르나요?
교장	부장 선생님들 이상은 동결입니다.
김선생	그럼 전 내년엔 그냥 평교사로….
교장	어허… 어떻게든 통과되게 노력은 하지 않고….
김선생	네….

소희, 안으로 들어온다.

교장	정선생님, 예찬이는 좀 어때요?
소희	네. 이젠 괜찮습니다.
교장	콩쿨은 나갈 수 있겠어요?
소희	노력은 하고 있습니다.
김선생	예찬이 콩쿨 나가요? 예찬이 정도면, 틀림없이 방송에 나오고 인터넷을 뜨겁게 달구는 거 아냐? 잘하면 우리 학교 뜨겠는데요? 주위의 무관심과 힘든 악조건 속에서도 피아니스트 천재를 길러내다. 교장 황수남, 지도교사 정소희, 총감독 김민재….
교장	거기서 김부장 이름이 왜 나와? 김칫국부터 마시긴….
김선생	아, 네. 죄송합니다. 예찬이 콩쿨 나간다고 하니까 너무 좋아서 그만….
교장	정선생, 너무 무리는 하지 말아요. 예찬이 엄마한테도 단단히 다짐을 받아놨지만 예찬이 너무 잘해주면 안 돼요.

특히 우리 애들은 그런 부분에 상당히 민감하니까….

소희   네. 잘 알겠습니다.

김선생   우린 정선생님이 누구보다 잘 하시리라 믿습니다. 그나
저나 교장 선생님, 진작에 말씀드리려고 했는데….

교장   무슨 일인데 뜸을 들이고….

김선생   이거…. (청첩장을 내민다)

교장   뭔가요?

김선생   저 결혼하게 됐습니다.

교장   그래요? 갑자기? 어디 보자. 신부는 최봉순. 설마 우리
최선생은 아니겠지? 이름이 같네.

김선생   맞습니다.

교장   뭐?

김선생   그 최봉순 선생님과 결혼합니다.

교장   아니, 언제… 정말인가요?

김선생   네. 그렇게 됐습니다.

사이.

교장   이거야 원… 안 되겠구만. 한 직장 내에서 사내 연애를
하고… 당장 시말서 써요!

김선생   네에?

교장   교사가 먼저 모범을 보여야지, 이러니 애들도 그 난리지.
당장 시말서 써와요!

최선생, 들어온다.

최선생   그럴 수 없습니다. 시말서라뇨? 결혼한다고 시말서 쓴다는 얘긴 듣도 보도 못했습니다. 교사든 학생이든 다 인간이고 인간이면 누구나 자연스러운 감정을 가지고 있고 사랑할 권리가 있습니다. 어떠한 이유로도 그걸 막는 건 인권침해이자 교권침해입니다.

교장   ….

김선생   최선생…!

교장   시, 시말서는 그, 그냥 한 말이고… 그래도 그럼 못써요. 둘이 감쪽같이 속이고 사람 놀래키고… 사귀면 사귄다고 미리 말이라도 하고 해야지, 나 심장 약한 거 몰라요? 어쩐지 둘이 좀 이상하더라니… 난 오늘 점심 안 먹을 테니 그런 줄 알아요!

교장, 빠른 걸음으로 나간다.

최선생   왜 점심을 안 먹어?

김선생   약속 있대….

최선생   헐….

소희   축하드려요. 저도 몰랐어요. 평소 두 분이 티격태격하셔서, 앙숙으로 알았는데….

김선생   싸우다 정드는 거죠. 하하….

최선생 정선생 미안해. 그렇게 됐어.

소희 미안하긴요, 정말 축하드려요.

김선생 끝까지 안 된다고 하는 걸 한방에 밀어붙였지요.

소희 어떻게요…?

최선생, 김선생에게 눈치를 준다.

최선생 빨리 수업 안 들어가요?

김선생 비밀입니다.

최선생 어머, 나도 수업 있네.

김선생, 최선생 후다닥 나간다.

소희, 웃음이 터진다.

(암전)

22.

오후, 학교 강당.

선생과 학생들 함께 청소하고 있다.

김선생 이 정도면 되지 않을까?

최선생	교장쌤이 먼지 하나 없이 깨끗이 하라고 했으니 구석구석 잘 닦아요.
김선생	어떻게 먼지 하나 없이 해? 자기가 와서 해보라지. 아, 허리야. 정선생님도 그만 해. 몸살 나겠어.
소희	이거 마저 닦구요.
최선생	선생님은 좋겠어요. 오자마자 새 피아노가 턱 들어오고, 꽤 비쌀 것 같은데…
소희	제가 복이 있나 봐요.
김선생	누가 기증했다고 했지?
최선생	네, 아마도… 교장쌤한테 한번 물어볼까요?
김선생	안 알려줄걸….
최선생	왜요?
김선생	그런 게 있어요. 기증자가 밝히길 원하지 않을 수도 있고….
최선생	아무튼 어디나 비밀이 많아.

사이.

소희	우리 재능 발표회가 언제라 했죠?
최선생	우린 항상 11월에 해요.
소희	얼마 안 남았네요. 발표회 때 부모님들도 많이 오시겠죠?
김선생	그럼요. 항상 눈물바다 되죠. 말도 제대로 못하는 애들이 노래하고 춤추고 연극하고 얼마나 대견하겠어요. 작년에

연극하는데 동규는 '저리 가!' 한마디 하는데 6개월 걸렸다든가….

소희 그래요?

최선생 그래도 무대에 서는 것만도 어디야.

미리, 다가온다.

미리 선생님, 이제 저희 가도 돼요?

김선생 그래, 청소 도구 한쪽에 정리해놓고….

미리 네.

학생들, 웅성거리며 몰려 나간다.

김선생 이제 우리도 갈까?

최선생 그래도 될까요?

김선생 에이, 이 정도면 됐지 얼마나 더… 정선생님 갑시다. 일했더니 배고프네.

소희 전, 조금만 더 있다가 갈게요.

김선생과 최선생 나가고 소희 혼자 남는다.
예찬, 밀걸레 들고 들어온다.

예찬 다 어디 갔어요?

소희	청소 끝나고 다 갔어.
예찬	에이, 나만 두고… 갈게요.
소희	잠깐만 손이 왜 그래? 피 나는 것 같은데… 가만 있어봐.

소희, 예찬에게 반창고를 붙어준다.

소희	피아니스트는 손이 보석이야. 조심히 소중하게 다뤄야지. 물어뜯은 건 아니지?
예찬	….
소희	예찬이는 가장 존경하는 사람이 누구야?
예찬	엄마.
소희	그럼 음악가 중에서는?
예찬	브람스.
소희	브람스? 의외네. 베토벤이나 모차르트가 아니고, 브람스는 왜?
예찬	헝가리 무곡 좋아.
소희	사실 브람스는 불운한 사랑을 한 사람이야. 슈만의 아내, 클라라를 평생 짝사랑했으니까. 그래서 독신으로 살며 드러내지 않고 멀리서 지켜보기만 하는 사랑… 이룰 수 없는 사랑이 제일 슬프지.
예찬	이룰 수 없는 사랑은 없다.

사이.

예찬   이 피아노 새 거예요?

소희   한번 쳐볼래?

예찬   ….

소희   오늘은 여기서 연습하자.

예찬   ….

소희   고집 그만 피우고… 콩쿨이 얼마 남지 않았어.

예찬   그럼 오늘이 1일째예요.

소희   어? 뭐가…?

예찬   우리 정식으로 사귄 지….

소희   에이, 그런 게 어딨어? 서로 합의가 돼야지.

예찬   안녕히 계세요. (돌아서 나가려고 한다)

소희   잠깐, 피아노는 우리 둘 사이를 이어주는 끈이라고 했
      지? 이대로 끝낼 거야?

예찬   ….

소희   좋아. 예찬이가 한 말에 대해 답을 생각해볼게. 하지만
      대신 내가 어떤 답을 줘도 예찬이는 받아들일 수 있어?

예찬   ….

소희   예찬이가 선생님 좋아하는 마음 이해하고 고마워. 하지
      만 내 마음도 소중하니까 무조건 강요하지 말고 존중해
      줘야지. 난 예찬이가 그런 멋진 남자이길 바래.

예찬   멋진 남자….

소희   더 이상 움츠리지 않고 누구 앞에서나 당당하고 떳떳한
      남자. 그리고 피아노를 치는 예술가. 무대에서 세계의 모

든 사람들에게 감동과 희망을 주는 사람, 그런 사람이라면 난 누구라도 사랑할 수 있어. 예찬이 할 수 있지?

예찬   ….

소희   할 수 있지?

예찬   (말없이 머리를 끄덕인다)

소희   그럼 손 한번 풀어볼까? 헝가리 무곡 어때?

예찬   좋아요.

예찬과 소희, 피아노 앞에 나란히 앉아 연주한다. 둘의 얼굴에 서서히 미소가 번진다. 잠시 후, 박수 소리가 들리며 준영, 들어온다.

준영   브라보! 멋지네.

소희   여긴 어떻게…?

예찬   누구…?

소희   예찬아, 잠깐 나가 있을래? 손님하고 얘기 좀 할게.

예찬   연습은?

소희   이따가…

예찬, 준영을 경계하며 불안한 표정을 지으며 나간다.

준영   학교에 볼일이 있어서 왔어. 기부한 물품이 잘 왔는지 볼 겸…. (피아노를 매만진다)

소희   그럼…?

준영   (건반을 몇 개 두드린다) 소리 좋네.

소희   그렇다고 말도 없이 갑자기 들이닥치면 어떡해?

준영   들이닥치다니…? 일 땜에 온 거지.

소희   일 다 봤으면 가면 되겠네.

준영   요즘 왜 그래? 전화도 잘 안 받고….

소희   여긴 직장이니까 사적인 얘긴….

준영   무슨 일 있는 거야? 왜 아버지 생신 때도 안 오고….

소희   미안해. 못 간다 했잖아.

준영   오래전에 한 약속인데 무슨 일이 있어도 왔어야지. 그리
       고 그보다 중요한 일이 어딨어? 내가 적당히 둘러대긴
       했지만 많이 실망한 눈치더라구. 더구나 요즘 우리 집 말
       이 아닌데….

소희   그건 무슨 말이야?

준영   형이 또 사라졌어. 사직서 써놓고 며칠째 연락두절이야.

소희   바라던 일 아니었어?

준영   무슨 말을 그렇게 해? 나도 형이 걱정되지. (사이) 아무튼
       아버지 맘 변하기 전에 빨리 서둘러야겠어.

소희   뭘?

준영   결혼 말이야.

       사이.

소희   좀 미루면 안 될까?

준영   미루다니? 그럴 이유가 뭐 있어? 할 것 같으면 빨리 하고 안정을 찾아야지….

소희   학교에 할 일도 많고 여기 좀 자리 잡은 다음에….

준영   아니, 여기는 어차피 그만둘 텐데 뭘 신경 쓰고 그래?

소희   왜 그렇게 말해? 내 생각은 없는 거야? 난 자기가 하자는 대로 하면 되는 거야? 나도 내 생각과 계획이 있는 거라구.

준영   그럼 그 생각과 계획이 뭔데?

소희   좀 다 가치 있는 일이 뭔지 찾고 있어. 여기 와서 느낀 게 많아.

준영   무슨 가치를 찾어? 좀 더 큰 포부를 갖고 항상 미래로 나아가야지. 여기 있는 애들과 부대껴봐야 무슨 발전이 있어? 그냥 소모적인 거라구.

소희   참 말을 쉽게 하네. 의사가 돼가지고… 난 지금 여기서 내가 하는 일이 하찮다고 생각 안 해. 아니, 오히려 여기 있는 애들이 정상적인 애들보다 순수하고 좋아. 그런 애들에게 조금이라도 내가 도움이 된다면 이보다 가치 있는 일은 없다고 생각해.

준영   아니, 애들에게 동정을 갖는 것은 좋아. 하지만 자기 일은 하면서 해야지 정작 중요한 일을 희생해가며 하는 건 오바야. (사이) 혹시 이제 내가 싫어진 거야?

소희   우리 얘기 그만해. 일 다 봤으면 그만 가고. 학교에서 이러는 거 남 보기에도 안 좋고….

준영 근데 교장 선생님한테 재밌는 얘기를 들었네.

소희 무슨 얘기…?

준영 아주 독특한 친구가 하나 있더구만. 자기한테 특별히 관심도 많고….

소희 피아노 배우는 학생이야.

준영 그냥 피아노만 배우는 관계가 아닌 것 같던데….

소희 무슨 얘기를 하고 싶은데…?

준영 설마 그 친구 땜에 결혼을 미루는 건 아니겠지…?

소희 그럴지도 모르지.

준영 뭐? 장난하는 거야? 말이 되는 소릴 해야지. 자기가 무슨 소설 속의 주인공이라도 되는 줄 알아? 무슨 엉뚱한 생각을 하고 있어?

소희 그래, 맞아. 난 꿈을 꾸고 있는 것 같아. 제정신이 아니야. 자기와의 미래는 뻔히 끝이 보여. 이미 정해져 있으니까. 근데 여긴 끝이 보이지 않아. 어떻게 바뀔지 어디로 튈지 몰라. 가슴이 뛰고 막 흥분되네.

준영 이 아가씨가 정말 제정신이 아니네. 정신 좀 차려. 꿈 깨고….

소희 나, 잠깐 꿈속에 살면 안 될까?

준영 그러다 꿈 깨면 이미 늦어.

소희 그러면 말지 뭐.

준영 소희야, 너답지 않게 왜 그래? 그렇게 똑똑하고 샤프한

여자가… 지금까지 한 얘긴 못 들은 걸로 할게. 괜한 동
정심으로 아이 상처 주지 말고 정신 차려. 현실을 봐야
지. 어떻게 그런 애 땜에….

소희 자긴 그렇게밖에 말 못하지. 사람은 누구나 똑같아.

준영 똑같아? 어떻게 나와 비교해?

예찬, 들어온다.

예찬 선생님.

소희 예찬….

준영 오, 이 친구가 예찬이야?

예찬 예찬이는 난데 아저씨는 누구야?

준영 내가 누군지 알 필요는 없구. 어른들 이야기하는데 끼어
드는 게 아니야. 얼른 가서 네 볼일 봐.

소희 예찬아, 가 있어. 괜찮으니까….

예찬 우리 선생님에게 소리 지르지 마. 그럼 예찬이 화난다.

준영 아이고 참 맹랑하네. 여기선 교육을 어떻게 시키는 거
야….

예찬 진정한 사랑을 원한다면 강물처럼 자신을 낮춰 고독한
영혼을 달래며 굽은 길도 가야만 한다. 사랑은 소유가 아
니다. 집착은 더더욱 아니고 자유를 함께 나누는 것이다.

준영 뭐야? 멀쩡하잖아. 그럼 지금까지 쇼한 거야?

소희 그건… 빙. 아니야.

준영	그러니까 지금까지 허위로 속이고 장애인 행세하며 여기에 있었던 거야? 이거 안 되겠네.
소희	그게 아니라, 가끔 한번씩 이렇게 멋진 말을 한다고….
준영	뭐? 무슨 말 같지 않은 소리 하고 있어? 그러니까 정상이지. 야 너, 내가 교장에게 얘기해서 사실 확인시키고 여기서 내보내야겠어. 어디 사람을 속이고 뻔뻔하게… 너 일부러 이 선생님에게 접근하는 거지?
예찬	우 씨!
준영	어쭈, 노려보면 어쩔 건데?
소희	왜 이래? 빨리 가. 이러면 안 돼!
예찬	예찬이 화나면 무서워, 예찬이 화나면 무서워….
준영	아이고 무서워라. 그래서 어떻게 할 건데?

예찬, 밀걸레를 집어든다.

준영	오, 그걸로 날 치게? 어디 한번 해보시지.
소희	예찬아 안 돼. 그거 내려 놔!
준영	하지도 못하면서 지랄을 한다. 바보 같은 게….
예찬	야아!

예찬은 밀걸레를 들고 준영에게 돌진한다. 준영이 재빠르게 피하자 바닥에 넘어진다. 예찬은 소리를 지르며 바닥을 뒹굴다가 손으로 자기 머리를 치기 시작한다.

준영   뭐야!

소희   준영 씨, 빨리 가! 빨리 가라니까!

준영, 당황하여 강당을 빠져 나간다.

소희, 예찬에게 다가가 뒤에서 껴안는다.

소희   예찬아, 쉬. 괜찮아. 괜찮아. 숨 천천히 쉬고⋯ 이제 괜찮아.

예찬, 몸을 돌려서 소희를 껴안는다.

(암전)

23.

교무실.

소희와 최선생, 마주 앉아 차를 마시고 있다.

최선생   괜찮아요? 많이 놀랬죠?

소희   아니요, 이제 괜찮아요.

최선생   예찬이는 오늘 안 보이던데요.

소희   어제 어머님이 오셔서 집에 데리고 갔어요.

최선생 아무튼 예찬이가 곤란하게 됐어요. 저번 일도 있고 해서….

소희 예찬인 잘못 없어요. 건든 사람이 문제지.

사이.

최선생 근데 어제 그분은 누구래요? 원래 아시는 분이에요?

소희 실은….

교장, 안으로 들어오고 김선생도 뒤따라 들어온다.

최선생 예찬이는 이제 어떻게 되는 건가요?

교장 그간 정선생님의 간절한 부탁이 있었고 예찬 어머님의 약속도 있어서 예찬이를 받아줬는데 또 이런 일이 생기니 이젠 어쩔 수 없네요. 더구나 우리 학교를 물심양면으로 후원해주는 기관과 관련된 사람에게 큰 무례를 범했으니 학교로서는 더욱 난처한 입장에 처해있습니다. 그래서 결단을 내릴 수밖에 없습니다. 예찬이는 다른 기관으로 보내야겠습니다.

최선생 그런데 교장 선생님, 이번 건은 예찬이가 먼저 그런 게 아니라 상대방이 자극해서 그랬다는데 좀 과한 조치가 아닐까요?

교장 그건 잘 모르는 말입니다. 예찬이가 어른들 말하는 데 끼

어들기에 나가 있으라 했더니 난동을 피운 겁니다. 우리가 평소 애들 교육을 잘했으면 이렇겠습니까? 아무리 장애가 있다고 해도 예절교육은 돼있어야지요. 제가 항상 뭐하고 했습니까? 우리 애들은 항상 제자리에 있어야 한다. 그렇지 않고 아무 데나 돌아다니면 사고가 난다고 강조하지 않았습니까? 이번엔 관리를 제대로 하지 못한 우리 잘못도 크고 관련된 당사자의 체면도 있고 교장으로선 어쩔 수 없이 예찬이를 내보낼 수밖에 없으니 그렇게들 아세요.

최선생 혹시 외압 때문에 그러시는 건 아닌지…?

교장 최선생님, 말이 좀 지나치네요. 어떻게 감히….

소희 안 됩니다. 교장 선생님, 예찬이 보낼 수 없습니다. 그렇다면 저도 그만두겠습니다.

교장 네에? 아니 정선생. 그게 무슨 말입니까? 이 학교의 운영 취지가 뭔가요? 아무도 받아주지 않고 갈 곳 없는 애들을 사랑으로 받아들여서 스스로 살아갈 수 있도록 자립성을 길러 결국 사회에 공헌하는 겁니다. 이 아이들이 아무런 대비나 준비 없이 사회에 나간다면 서로가 불편하고 혼란만 가중되는 것이기에 이 일은 사명감 없이 할 수 없는 일입니다. 그런데 이런 작은 일 하나로, 학생 한 명 땜에 중차대한 업무를 그만 둔다면 다른 나머지 애들은 어떻게 합니까?

소희 그 일이 정작 아이들을 위한 일인가요? 아님 이 학교를 유지하기 위한 하나의 방편인가요?

교장   그건 또 무슨 말이죠?

소희   우린 그동안 아이들을 쓸모없는 나무 취급하지 않았을
까요? 무슨 일 생길까봐 전전긍긍하며 움직이지 못하게
한 곳에 묶어두고 겨우 죽지 않을 만큼 물이나 주고 그
러다 죽으면 베어다 버리면 그만이라고 생각한 건 아닌
지요. 하지만 움직이지 못하고 말도 못하는 나무들도 가
슴은 뛴답니다. 겨울이면 춥다고 떨고 봄이 되면 좋아하
고 여름엔 꽃을 피우고 가을이 되면 외로워하고 사랑을
갈망합니다. 더구나 아이들은 사람입니다. 나무처럼 자
른다고 싹이 나지 않나요?

지숙, 조용히 들어온다.

지숙   말씀 중에 죄송합니다.

모든 시선이 지숙에게 집중된다.

지숙   여러 선생님들 죄송합니다. 우리 아이가 분란을 일으키
고 학교를 시끄럽게 해서… 특히 교장 선생님 죄송합니
다. 약조까지 했는데 더욱 할 말이 없습니다. 하지만 여
기서 나가면 우리 예찬이는 어디로 가야 할까요? 아무

데서도 받아주지 않는다면 결국 집에 혼자 있어야 하는데 그럼 어떻게 될까요? 아무 것도 못하고 방구석에서만 맴돌다가 서서히 홀로 말라 죽어 갈 겁니다. 교장 선생님, 장애가 죄는 아니잖아요. 근데 왜 항상 움츠리고 살아야 하고 다른 사람들에게 양해를 구해야 하나요? 제가 더 신경 쓰고 잘 돌볼 테니 아이 하나 살린다는 셈치고 제발 예찬이 여기 있게 해주세요.

교장 아니, 어머니 저와 분명히 약속했잖습니까?

지숙 교장 선생님, 제발….

최선생 저도 여기 그만두겠습니다.

김선생 바늘 가는데 실도 가야죠. 저도 그만둘게요. 인생 뭐 있나요?

교장 아니, 다 그렇게 나오면 어떻게 합니까? 그렇다면 내가 그만두겠습니다!

교장, 빠른 걸음으로 나간다.

지숙, 뒤쫓아 나간다.

지숙 교장 선생님!

사이.

최선생 그럼 이제 어떻게 되는 거야? 교장이 그만두면….

김선생   아니야, 두고봐. 좋은 일이 있을 거야.

사이.

최선생   그나저나 정선생님. 오늘 이렇게 멋있을 줄 몰랐네. 혹시
        예찬이 좋아하는 맘이 쬐끔 생긴 거야?
소희   무슨 말씀을, 교사가 학생을 어찌….
최선생   에이, 사실 따지고 보면 예찬이도 어린아이가 아니지.
김선생   그럼, 옛날 같으면 장가를 몇 번 가고도 남지.
소희   정말, 왜 이러세요? 자꾸….
최선생   어? 얼굴 빨개지는 거 봐….
소희   저 수업 들어가요.

(암전)

24.

오전 시간, 교실.
학생들은 돌아다니며 웅성거리고 있다.

다은   우리 선생님들 그만두신다는 거 사실이야?
미리   아직, 확실히는 몰라.

태호 그럼 우린 어떻게 하지?

미리 뭘 어떻게 해? 선생님들 그만두면 우리도 그만둬야지.

철수 그럼 점심도 못 먹어?

미리 학교 안 나오는데 점심을 어떻게 먹어? 넌 맨날 먹는 생각만 하냐?

다은 근데 왜 그만두시는데?

미리 이게 다 예찬이 때문이야. 학생이 무슨 선생을 좋아하냐, 분수를 알아야지.

태호 나도 소희쌤 좋아.

미리 너는 선생님으로 그냥 좋아하는 거고, 예찬이는 그게 아니라구.

다은, 태호에게 다가온다.

태호 뭐야?

다은 너 그렸어.

태호 우와!

미리 다은아! 이제 태호 맘 받아주는 거야?

다은 만원이야.

미리 그럼, 그렇지.

최선생, 교실로 들어온다.

최선생	자, 다들 자리에 앉아. 수업하자.
미리	그만두신다면서 수업해요?
최선생	그만둘 때 두더라도 수업은 해야지.
미리	정말 그만두는 거예요?
태호	선생님 그만두면 태호도 그만둘 거예요. 선생님 없는 학교는 앙꼬 없는 찐빵이에요.
최선생	넌 그런 말은 어디서…?
태호	김강달 선생님이 그랬어요.
최선생	아니 애들 앞에서 할 말, 못 할 말이 있지. 하여튼….
철수	선생님 예찬이 어딨어요?
최선생	예찬이? 예찬이는 지금 반성문 쓰고 있겠지.
철수	예찬이는 학교 또 못 나오는 거예요?
최선생	글쎄….
태호	저도 반성문 쓸래요.
최선생	넌 왜?
태호	그동안 다은이를 힘들게 했으니 벌을 받아야죠.
다은	저, 저 아니에요, 선생님….

동규, 최선생 앞으로 나온다.

최선생	왜? 뭐?
동규	종이 주세요.
최선생	왜? 너도 반성문 쓰게? 넌 안 써도 돼.

미리	바보야, 글도 못 쓰는 주제에….
동규	코….
최선생	뭐? 그건 화장지로 닦아야지.

소희, 교실로 급히 들어온다.

소희	선생님, 예찬이 여기 없어요?
최선생	예찬이를 왜 여기서 찾아? 상담실에 있을 텐데….
소희	아침엔 거기 있었는데 여기저기 다 찾아봐도 안 보이네요.
최선생	화장실 간 거 아닐까요?
소희	안 보인 지 꽤 됐어요.
최선생	그럼 집에 간 거 아냐?
소희	집에도 안 왔대요.

사이.

태호	나, 예찬이 어디 있는지 아는데….
최선생	뭐? 어디 있는데?
태호	옥상이요. 틀림없을 거예요.
최선생	정말이야? 설마….
소희	아…. (바닥에 주저앉는다)
최선생	소희쌤, 아닐 거야. 자, 일어나요. (손을 잡아 일으킨다) 일단 옥상에 가봐요.

소희   네.

소희와 최선생, 급히 나간다.

미리   나도 갈래.

미리, 뒤따라 나간다.

철수   나도!

동규   나도!

태호   나이는 숫자 마음이 진짜, 가슴이 뛰는 대로 가면 돼.

교실엔 태호와 다은, 둘만 남는다. 다은 일어나서 창문 쪽으로 가서 밖을 내다본다.

태호, 호주머니에서 돈을 꺼내 다은에게 다가간다. 다은, 몸을 돌리자 태호는 깜짝 놀란다.

다은   왜?

태호   이거 (돈을 내보인다) 그림값….

다은   안 줘도 돼.

태호   왜?

다은   그걸 꼭 말을 해야 돼?

소희, 최선생, 미리, 동규, 철수 우르르 몰려 들어온다.

최선생 황태호! 너 왜 거짓말 해! 예찬이 옥상에 없잖아!

태호 그럼 벌써 올라갔나…?

최선생 어딜?

태호 이럴 때 주인공은 꼭 옥상에 가거든요. 그러면 헬리콥타에서 줄이 내려오고….

최선생 어휴, 속 터져. 너 영화 좀 그만 봐. 저녁에 빨리 자고….

태호 어, 이게 아닌데….

사이.

최선생 대체 어디 간 거지? 일단 경찰에 신고하죠. 교장 선생님께 말씀드리고….

소희 네. 그렇게 해야겠어요.

최선생 정선생이 교장쌤께 말씀드리세요. 난 애들하고 더 찾아볼게요. 아무 일 없어야 할 텐데….

소희, 나간다.

최선생 애들아, 나가서 예찬이 좀 같이 찾아보자.

태호 선생님. 다은이와 저는 교실 지킬게요. 예찬이 이쪽으로 올지 모르니까….

최선생 그래? 그럼 그렇게 하든지… 너 혼자만 있어도 되지 않아?

태호 다은이 좀 아파요.

다은 아니….

최선생 그래? 알았어.

모두, 나간다.

다은, 태호를 바라본다.

태호, 눈을 피하고 핸드폰을 꺼내 바라본다.

태호 자박자박 오는 것도 아니고

헐레벌떡 오는 것도 아니고

그냥 사랑사랑하면서 오고 있었습니다.[5]

(암전)

25.

교무실.

김선생과 최선생, 가까이 붙어서 노트북을 보고 있다.

김선생 첫째 날은 됐고 둘째 날은 선택할 게 많네. 뭘 하지?

---

[5] 윤보영의 시 '봄이 오는 소리' 중에서

최선생 무조건 스노쿨링이지.

김선생 산악 오토바이 타면 안 될까? 난 물속은 그다지….

최선생 무슨 고양이야? 물을 싫어하게….

김선생 난 개띠거든.

최선생 수영은 할 줄 아세요?

김선생 맥주병.

최선생 그래가지고 어떻게 가정을 이끈다고….

김선생 수영하고 가정이 무슨 상관….

최선생 아무튼 저녁엔 스톤 마사지.

김선생 난 유람선이 좋은데 ….

최선생 그럼 뭐 각자 하고 싶은 거 하면 되겠네.

김선생 뭐? 신혼여행 가서 각자 놀자고? 그건 안 되지요.

교장, 안으로 들어온다.

교장 뭐합니까? 지금 이러고 있을 때예요?

김선생과 최선생, 급히 떨어져 앉는다.

교장 경찰서에선 아무 소식 없나요?

김선생 아, 네.

교장 예찬이 집에서는요?

김선생 어머님도 연락이 안 돼요.

최선생	둘 다 연락이 안 되면 혹시….
교장	예찬이 어머님도 정신이 없겠지요. 자, 긍정적으로 생각합시다.
최선생	네. 걱정이 돼서요.
교장	아니 대체 어디로 간 거야? 말도 제대로 못하는 놈이 어디서 먹고 자고….
최선생	예찬이 말 잘해요.
교장	응?
최선생	한번 터졌다 하면 다다다다… 연예인 못지않아요. 빙의라고 할까….
교장	그게 뭔 소리야?
최선생	빙의라구요.

사이.

교장	참, 가출 아이들 보호센터 같은 데 있잖아, 거기에 있지 않을까?
김선생	거기도 알아봤는데 온 적이 없다고 합니다.
교장	아, 이 자식이 도대체… 만일 예찬이 신변에 무슨 일 생기면 우리 학교는 끝장입니다. 학대니 폭력이니 하며 요즘 언론이 얼마나 무섭습니까? 모든 지원이 끊길 것이고 학생들도 안 올 것이고 정말 지금 위기상황이에요. 예찬이 못 찾으면 진짜로 전부 다 그만둬야 할지 몰라요.

소희, 들어온다.

최선생 정선생, 예찬이한테 무슨 연락 없어요?

소희 (머리를 젓는다)

교장 그리고 그 병원장 아들인가 하는 사람 왜 그런지 모르겠
어요.

김선생 무슨 일 있으신가요?

교장 갑자기 우리 학교 후원을 끊겠다고 하질 않나… 자기가
병원장이야? 아버진 가만히 있는데 아들이 설쳐대니…
빨리 지원을 받는가 해야지 눈꼴 시러워서… 참, 김부장,
오늘이 발표하는 날 아니야?

김선생 아, 네. 바로 알아보겠습니다. (일어선다)

교장 근데 어디 가?

김선생 갑자기 배가….

교장 저런… 쯧쯧.

김선생 아, 핸드폰….

김선생, 밖으로 나간다.

잠시 후 미리, 급하게 들어온다.

미리 예찬이 찾았어요!

최선생 뭐? 어디서…!

미리 (핸드폰을 내보인다) 여기요. 유튜브에 떴어요.

교장	아니, 여긴 어디야? 이 미친놈이 뭐하고 있는 거야?
최선생	와, 사람들 반응이 대단한데요. 피아노 발견한 청년 역대급 연주!
교장	아니 옷은 왜 저래? 머리는 또 뭐야?
최선생	쉿, 멋진데요?
교장	아니 지금 그게 중요한 게 아니고 저기가 어디냐고!
소희	대학로 주변인 것 같아요.
최선생	맞네. 공원 표지판도 보이고 예술극장도 있고… 저 곡은 많이 들어본 곡인데….
소희	터키행진곡.
최선생	아, 맞다. 저 손 좀 봐. 어쩜 저렇게 안 보고 빨리 칠 수 있지?
교장	최선생, 지금 음악감상하고 있을 때야? 저놈 어떻게든 빨리 데려와야지! 정선생, 예찬이 부모님께 빨리 연락해 봐요. 그리고….
최선생	교장쌤, 잠깐만요. 예찬이가 뭐라고 하는데요. 미리야, 소리 좀 키워 봐.

예찬	선생님, 저 이젠 사람들이 두렵지 않아요.
	당당하고 떳떳하게 사람들 앞에 서서
	멋있는 사람이 될 거예요.
	더 이상 움츠리지 않고 세상 밖으로 나가서
	맘껏 소리칠 거예요.

선생님 사랑해요.

소희   예찬아….

김선생, 뛰어 들어온다.

김선생   교장 선생님, 깜짝 놀랄 일이 있습니다.
교장   또 뭐야? 천천히… 내 심장….
김선생   됐습니다.
교장   뭐가 돼?
김선생   우리가 정식 기관으로 승인됐습니다.
교장   정말이야?
김선생   그럼요. 방금 통화했습니다. 공문도 왔구요.
교장   다들 뭐하고 있어! 예찬이, 예찬이 빨리 잡아 와! 큰일나기 전에 빨리!

(암전)

26.

학교 강당.

학생들과 교사는 연주회 준비를 하고 있다.

교장, 통화를 하며 무대로 나온다.

교장　물론이죠. 될 나무는 떡잎부터 알아본다고⋯ 여러 선생님들 모두가 불철주야 열심히 지도한 결과입니다. 그럼요, 이제 세계무대로 나가야죠. 네? 후원해주신다면야 아이한테는 큰 힘이 되겠죠. 아니요, 우리 예찬이가 아직 어리니까 개인적으로 스폰하는 것보다는 학교로 보내주시면 저희가 알아서 하겠습니다. 인터뷰요? 당연히 가능하죠. 네. 다음 주 목요일 오전에⋯ 네. 감사합니다. 참, 오늘⋯ (사이) 끊어졌네. 성질머리 하곤⋯.

김선생, 교장에게 다가와 인사한다.

교장　준비 다 됐나요?

김선생　네. 뒷정리만 하면 됩니다.

교장　외부 손님들도 많이 오시니까 실수 없도록 하고⋯ 방명록 준비됐죠?

김선생　물론이죠.

교장	그럼 이제 애들도 내려보내고 시작하도록 해요.
김선생	네. 알겠습니다.

교장, 나간다.

태호, 사다리 위에 올라가 막대기를 휘젓고 있고
다은, 사다리를 붙잡고 있다.

다은	아직 멀었어?
태호	좀만 기다려.

최선생, 태호에게 다가간다.

최선생	야, 너희들 뭐해?
태호	별 따고 있어요.
최선생	뭐? 느닷없이 무슨 별을 따? 위험하니까 빨리 내려 와.
태호	안 돼요. 다은이가 따 달라고 했어요. 남자는 그 정도는 해야 된다구요.
최선생	별이 어디 있다고 그래? 다은아, 별은 밤이 돼야 나온단 다. 그러니까 이따 어두워지면 따달라고 그래.
다은	아, 그렇구나.
최선생	태호야, 빨리 내려오고 이 사다리 갖다 놔. 얼른!

동규, 생수병을 들고 다니며 여기저기 물을 뿌린다.

최선생   동규야, 물 뿌리면 안 돼. 미끄럽잖아. 물 이리 줘!
동규   싫어.
최선생   철수야. 동규 좀 데리고 나가.

철수, 동규를 등에 업고 달려 나간다.

동규   이랴, 이랴!
최선생   어휴, 어디다 묶어 놓을 수도 없고… 미리야, 미리야!

미리, 다가온다.

미리   왜요, 선생님.
최선생   밀걸레로 바닥 좀 닦아줄래. 동규 이놈 자식이 바닥에 물 다 뿌려놨다.
미리   네.

미리, 말없이 바닥을 닦는다.
잠시 후 태호, 최선생에게 뛰어온다.

태호   선생님!
최선생   왜 또!

태호	철수가 또 내 물안경 가져갔어요.
최선생	장철수! 이리 와!

철수, 최선생에게 다가온다.

철수	선생님, 왜요?
최선생	너 왜 태호 물안경 가지고 있어?
철수	이젠 제 거예요.
최선생	왜 니 꺼야?
철수	짜장면과 바꿨어요.
최선생	뭐? 태호야 사실이야?
태호	묻지를 마라, 고독한 남자의 불타는 영혼을….

철수, 태호의 머리를 뒤에서 한 대 친다.

태호	아!
철수	나비.

철수, 달아나고 태호 쫓아간다.

최선생	미리야, 이제 그만해도 되겠어. 근데 왜 얼굴이 죽을 상이야?
미리	몰라요. 선생님이 제 마음을 어찌 알겠어요?

최선생	알지, 말 안 해도 알아.
미리	뭘요?
최선생	아픈 만큼 ….
미리	성숙해진다.
최선생	키가 자란다.
미리	치!
최선생	(미리를 안아준다) 화이팅!

미리, 터벅터벅 걸어서 나간다. 소희, 무대로 들어온다.

최선생	선생님, 예뻐요. 새신부 같아요.
소희	에이 선생님도… 신부가 검은 옷 입은 거 봤어요? 새신부는 선생님이죠.
최선생	시작해도 될까요?
소희	네.

최선생, 김선생에게 천천히 걸어간다.

최선생	(김선생의 귀에 대고) 곰탱이!
김선생	어…?

최선생, 걸어나가는 뒷모습이 하늘거린다.

김선생 기다리고 기다리던 우리 학교의 곰탱이, 천재 피아니스트 강예찬이 등장합니다.

박수가 터져 나온다.
예찬, 무대에 나와 인사하고 소희에게 다가간다.

예찬 다짠, 이거….

예찬, 소희에게 파란 장미를 준다.

소희 어머 이쁘다. 파란 장미도 있었어?
예찬 기적의 꽃….
소희 오, 그런 뜻이야? 고마워. 오늘 멋지네. 시작해볼까?

소희와 예찬, 손을 잡고 무대 인사를 한다. 다시 박수가 터져 나온다.
둘은 피아노 앞에 나란히 앉아 연주를 시작한다.
음악이 절정에 이르면 강당은 물속으로 바뀐다.
눈물이 강이 되어 흐른다. 나무는 물을 먹고 자란다.

(암전)

끝.

한국장애인문화예술원
Korea Disability Arts & Culture Center

이 책은 한국장애인문화예술원의 후원을 받아
2024년 장애예술 활성화 지원사업의 일환으로
발간되었습니다.

나무도 가슴은 뛴다

초판 1쇄 인쇄일   2024년 11월 12일
초판 1쇄 발행일   2024년 11월 19일

지 은 이   김용선
만 든 이   이정옥
만 든 곳   평민사
              서울시 은평구 수색로 340 〈202호〉
              전화 : 02) 375-8571   팩스 : 02) 375-8573
              http://blog.naver.com/pyung1976
              이메일   pyung1976@naver.com
등록번호   25100-2015-000102호
  ISBN   978-89-7115-866-1   03800
정   가   10,000원